JULIE

BENOIT DELARETTE

JULIE

La traite des blanches

ROMAN

2020

Parce qu'au-delà d'une disparition que l'on peut imaginer définitive se cache parfois une autre réalité…

1

L'obscurité était totale. La noirceur, si dense, qu'aucune
forme ne paraissait distinguable. Julie gisait, inconsciente à
même le sol. L'air était asphyxiant. A la lourdeur environnante
s'adjoignait une moiteur suffocante semblable à un climat
tropical. Un très lointain bruit de moteur ronronnait.
L'accélération du rythme cardiaque perçu entre les tempes
ressuscita la jeune femme. Elle se sentait prise de légères
nausées malgré ses yeux clos. Le sol paraissait se dérober. Son
corps chaloupait avec parcimonie. Impossible pour elle, d'en
définir la cause.
Julie tentait d'ouvrir les yeux sans réussite. Ses paupières
semblaient figées comme scellées par un béton d'ancrage. Ses
autres sens entraient en action dans un reflex palliatif.

En premier lieu, le goût.
Son pharynx était irrité et la langue paraissait étonnamment
volumineuse. La salive arrivait abondamment comme pour

atténuer ce désagrément tel un oued après de puissantes intempéries. Julie déglutissait à un rythme soutenu, ce qui apaisait son angine naissante.

Puis le touché en second.

Couchée sur le flanc, l'extrême fermeté de l'assise lui confirma sa position à même le sol. Avec la paume de sa main droite, dans un mouvement oscillatoire de droite à gauche, elle caressait la couverture lui servant de litière. Son revêtement était raboteux, presque irritant et particulièrement inconfortable.

Avec l'odorat enfin, elle humait le parfum ambiant acide et ferreux. L'oxygène saturé s'inhalait par micro bouffée. L'air circulait peu, il paraissait chargé de poussières figées.

Un sentiment étrange envahit l'âme de la jeune femme. Soudain, son épiderme muta en peau de poule et elle se mit à convulser. L'adrénaline libérée lui permis d'ouvrir, brusquement, les yeux qui s'écarquillèrent dans l'obscurité totale.

Péniblement, Julie tentait de se redresser. Elle parvint à s'asseoir tout en reprenant sa respiration devenue saccadée. Puis, ayant posée les mains sur ses genoux, elle remarqua que les vêtements qu'elle arborait lui était inconnu. Quelqu'un l'avait paré d'une robe durant sa perte de connaissance. Le tissu se révélait épais comme une toile en jean. Ses souliers s'étaient volatilisés.

Dubitative, elle se redressa machinalement, sans la moindre hésitation, quand le haut de son crâne heurta le plafond violemment. Cela la ramena instantanément en position accroupie.

Elle prit soin de se masser vigoureusement pour endiguer une douleur nouvelle dont elle se serait bien passée.

Interrogative concernant son lieu de détention, Julie palpa les flans autour d'elle, avec sa main droite, pour déterminer les limites altimétriques de sa geôle. Elle l'estima à un mètre cinquante. Sa respiration s'accéléra à nouveau. Elle expirait exagérément. La panique semblait la gagner. Des larmes apparaissent aux coins de ses globes. Elle se mit à genoux et poursuivit ses investigations, planimétrique cette fois. Avec à peine deux mètres de long sur deux mètres de large par un mètre cinquante de haut, l'exigüité des lieux l'accabla. Julie sentait poindre le syndrome de la claustrophobie. Elle persévéra malgré tout.

Dans un coin, se trouvait une petite caisse remplit de petits cailloux. Elle en enserrait une poignée qu'elle porta vers ses narines pour en déterminer la nature. Aucune odeur. Ce n'était que des petits cailloux ! Un peu au-dessus, dans le même coin, attaché à une esse, elle découvrit, toujours en palpant, un petit sac plastique. Expressément, Julie s'en empara. La respiration s'intensifia à nouveau à l'aube de fouiner à l'intérieur. Sa main droite s'immisça timidement dans le contenant plastique. Elle agrippa dès sa première tentative, une lampe torche. Sans attendre, elle cliqua sur l'interrupteur.

La lumière illuminait le cachot.

La jeune femme constatait. Elle se trouvait cloitrée à l'intérieur d'un petit container aux parois en acier. Prise de panique, elle se mit à hurler à pleins poumons. La terreur venait de remplacer l'interrogation. Les larmes inondaient son visage et les hurlements s'intensifiaient très vite.

Après plusieurs minutes, Julie parvint à se tranquilliser, consciente que personne ne pouvait l'entendre et qu'il valait mieux garder ses forces. De multiples questions s'amoncelaient, au point de saturer rapidement un hypothalamus affaibli par tant d'interrogations. L'hystérie avait disparu laissant place à une terreur présente passablement maitrisée. Julie joignit ses deux mains qu'elles appliquaient contre son nez et sa bouche en inspirant lentement. Les cours de sophrologie qu'elle avait suivie dans l'année l'aidaient à se maitriser.

Mais pourquoi y-avait-il une litière de chat se demandait-elle ? Était-ce là ses seules toilettes ?

Sur une étagère de coin se trouvait perché un jerrican remplit d'eau. A l'étage en dessous, un carton clos par un adhésif, que Julie se hâta d'attraper. Elle le traina vers elle en le faisant riper dans un crissement strident puis en inventoriait le contenu. Un sac de cinq cents grammes de graine de tournesol, un sac d'abricots séchés, un sachet de raisin sec, un sachet d'amandes grillées, deux tubes de vitamines C à croquer, des cachets contre le mal de mer, des compléments alimentaires type gelée royale en gélule et tout au fond du carton, Julie découvrait une enveloppe cachetée. Durant un long moment, elle observa ce courrier. Elle ne le décachetait pas comme si elle se refusait à accepter une réalité qu'elle savait, au fond d'elle-même, être terrifiante.

Était-ce un jeu sadique orchestré par ses ravisseurs ?

Était-ce une blague, de très mauvais goût, organisée par une caméra cachée ?

Julie emplit exagérément ses poumons d'air et prit, enfin, son courage à deux mains. Elle coinça la lampe torche entre ses frêles cuisses et, tremblotante, déchirait latéralement l'écrin de papier.
Elle en extirpa une carte postale.
La photo en noir et blanc représentait une scène où une jeune femme blonde nue, menottée main dans le dos était enchainée à un mur par un collier en cuir noir.
« Slave » était mentionné au bas de la carte en lettres majuscules blanches.

La confusion régnait dans l'esprit de la jeune femme. Comme statufiée, Julie imaginait ce qu'elle risquait d'endurer et les larmes revinrent inondées son visage déformé par l'horreur de la vision. Elle sanglotait et poussait de petits piaillements comme un oisillon. Puis frissonnante, elle retourna la carte et découvrit un message manuscrit.

« Tu es à nous. Notre esclave, notre propriété. Sois-tu t'habitue à ça maintenant, soit tu meurs toi et ta famille. On est en possession de tes papiers, on sait qui tu es et où trouver ta famille. A ton réveil prend un cachet contre le mal de mer et rationne ton eau. Tu as dix jours de voyage. »

La mine déconfite, sonnée comme un boxeur émergent d'un violent KO, Julie appuya sur l'interrupteur de la lampe torche et la lumière disparue. La pénombre devint réconfortante,

11

presque amicale. Elle s'affala, prit la position du fœtus, porta
son pouce à sa bouche et le téta comme une enfant en bas âge,
l'air hagarde, totalement décontenancée.

Peut-être n'était-ce qu'un cauchemar ?
Peut-être allait-elle se réveiller chez elle ?

2

Paris, Place de la bastille, 36 heures plus tôt.

La nuit avait enveloppé la capitale de son épais manteau. Les lumières des vitrines et des candélabres illuminaient la ville lumière. Les phares des automobiles telles des lucioles virevoltaient et donnaient vie à la pénombre.

Un taxi s'arrêta près d'un arrêt de bus. La portière arrière droite s'ouvrit. Une jeune femme brune de type latine s'en extirpa péniblement. Affublée d'une courte jupe en velours marron, de collants opaques enserrant de frêles cuisses et chaussée d'escarpins noir brillant à talons haut, elle se réajusta, l'équilibre à peine retrouvé. Un veston beige, bariolé, complétait sa tenue de soirée.
A peine sur le bitume, elle vociféra. Son accompagnatrice tardait à sortir du taxi.

- « Allez Samia, dépêche-toi » dit-elle impatiente.
- « Attend une minute, faut que je paie tout de même » entendit-elle en retour.

La brune, qui faisait le pied de grue, en profita pour extraire de son sac à main un petit miroir à clapet sur lequel, était apposé un autocollant représentant la bannière portugaise. Le miroir déplié, elle contrôla sa mise en plis.

- « Léa, Léa » entendit-elle, alors qu'enfin, Samia descendait du taxi.
- « Julie, ma belle » cria la latine en ouvrant ses bras pour l'enlacer chaleureusement.

Alors que les deux amies s'étreignaient, Samia cherchait à son tour à retrouver l'éclat d'une préparation bien mise à mal par l'étroitesse de l'issue de la berline.
Samia était d'origine maghrébine. Née dans l'hexagone, elle vivait le plus souvent à l'occidental. Fan assidue de mode, elle exhibait de longues bottes noires enserrant un jean taille basse slim maintenu par une petite ceinture en strass. Un pull à col roulé noir, surmonté par une doudoune sans manche ainsi qu'une multitude de bracelets dorés ornant ses poignets complétaient sa tenue de soirée. Dotée d'une chevelure volumineuse, elle passait beaucoup de temps, chaque jour, avec sa brosse à lisser à tenter de tout normaliser.

- « Et moi, je n'ai pas le droit à un câlin » lança-t-elle à l'encontre de ses deux amies toujours blottit l'une contre l'autre.

Julie décramponna alors la lusitanienne comme pour mieux se faire pardonner et s'étreignit dans les bras de Samia.

- « Bon allez, on ne va pas s'embrasser toute la soirée. On est là pour faire la fête » dit Léa à peine esseulée.
- « T'exagère-toi ! » lui retourna Samia, en la dévisageant.
- « Putain, Julie, t'aurais pu faire un effort sur ton look, tu me l'avais promis ! » lança Léa.
- « C'est vrai, elle n'a pas tort » valida Samia en observant Julie.
- « Oh les filles, je me suis maquillée quand même ! » rétorqua l'intéressée.

Julie ne se maquillait qu'en de rares occasions. Nantie de mensurations proche du standard perfection, elle affichait un mètre soixante-dix sous la pige. Ses cheveux, blonds dorés, assez raide lui tombait à mi dos. La plupart du temps, elle se faisait un chignon pour des raisons pratique. Passionnée de sport et elle avait entrepris de hautes études pour l'enseigner.

Ce soir-là, les trois amies fêtaient leur fin d'année universitaire réussie. Julie avait promis à ses compagnonnes, un effort vestimentaire pour l'occasion. Elle avait enfilé à la va-vite un jean délavé, troqué ses éternels baskets contre des sparcos en simili daim rouge qu'elle sortait de son emballage d'origine et d'un chemisier blanc pour compléter sa tenue. Elle se parait d'une veste en jean molletonnée pour se couvrir. Des boucles d'oreilles rouge, en forme de cerceau pendaient de ses oreilles menues. Aucun autre accessoire venait encombrée son apparence. Un peu de rouge à lèvre, blush et mascara, à la sauvette également et le tour semblait joué.

- « De toute manière, c'est toi la plus belle ! » lança Léa avant que Samia n'enchaîne.
- « Oui et ce n'est pas plus mal pour nous que tu n'aies pas daignée sortir l'artillerie. »
- « Vous exagérez toujours ! » répondit Julie en ricanant.
- « Bon, on va où ? » questionna Samia.
- « Tournée des bars, rue de Lappe » hurla Julie, les yeux pétillants et le sourire omniprésent.

La rue de Lappe est une des rues piétonnes festive bien connue des parisiens. La rue, jonchée de pavés datant du dix-septième présente un caractère atypique. Des bars à thèmes se succèdent les uns derrière les autres laissant aux noctambules festoyeurs, le choix de l'ambiance dans laquelle ils souhaitent s'abandonner à l'instar de la rue de la soif, référence en la matière.

- « Des bars ? » lança Samia stupéfaite.

Julie passait presque exclusivement, tout son temps libre dans les salles de fitness à modeler son corps et donc ne s'alcoolisait jamais. Samia et Léa s'exerçaient avec elle, à une fréquence toutefois, bien plus raisonnable. Julie refusait régulièrement les propositions de sorties de ses amies ce qui agaçait passablement Léa, adulatrice de débauches nocturne en tous genres. Aussi, entendre Julie proposer une tournée de bar avait déclenché l'hilarité générale au sein de la bande.

- « Depuis quand tu parles comme ça toi ? » demanda Léa à Julie, les yeux humidifiés par le fou rire.
- « Bah, c'est la fin de l'année, faut bien se lâcher de temps en temps ! » rétorqua Julie.

Les trois compères, âgées chacune de vingt-deux ans, optèrent d'entrée, pour un bar à tapas situé en milieu de rue. La musique énergique et l'ambiance ibérique était idéales pour un début de soirée réussi. La couleur des murs, vert, rouge et jaune donnait au lieu, une chaleur très latine. Des posters de Che Guevara ornaient les cloisons. Le bar était bondé si bien que nos trois amies devaient patienter dans le hall d'entrée, dans l'attente d'une éventuelle libération de table. Léa demandait au serveur qui les accosta s'il était possible de se rapprocher du comptoir afin de commander. Ce dernier n'y voyait aucun inconvénient et leur proposa de se défaire de leurs encombrants pardessus. Les filles obtempérèrent. Le serveur les guida près du bar.

- « Commençons par une bière mexicaine ! » proposa Léa en initiatrice avisée.

Un hochement favorable des deux autres entérinèrent le choix que Léa s'empressait d'indiquer au barman.

- « Trois Coronas avec une tranche de citron vert » hurlat-elle en se frayant un passage entre les corps des fêtards agglutinés sur l'étal.

La cacophonie ambiante, typique dans la culture latino-américaine, endiguait l'écoute. Chaque fratrie enchérissait comme pour mieux s'ouïr et le volume devenait disproportionné. La surface réduite de l'établissement, les murs chargés de décoration, les lumières caractéristiques, la musique latine et la proximité de chacun augmentaient les décibels significativement.

- « A notre réussite cette année. Bien méritée » annonça Julie en levant sa cervoise en direction de ses amies.
- « A notre amitié sincère. Je vous aime les filles » trinquait à son tour Samia, sous le regard complaisant de leurs camarades.

Léa observa ses deux copines sans mot dire. Elle dirigea son regard vers le plafond comme pour trouver l'inspiration puis tourna la tête de droite à gauche.

- « Sexe et rock and roll ! » hurla-t-elle dans une frénésie désopilante.

Les deux autres explosaient de rire tout en trinquant. Les trois se mirent à gesticuler tel un check dansant. La chorégraphie était déroutante entre mouvement de hanches et ondulations. La scène ne dura que durant quelques secondes. Cela avait été suffisant pour que le gérant de l'établissement les remarque. Un brin amusé, le bellâtre barbu, ibère, les accosta.

- « Bonsoir, je suis Paco. Le gérant d'ici, là. Euh… Vous voulez une table ? » leur demanda-t-il balbutiant.
- « Elles sont toutes prises » hurlait Julie, immodérée.
- « Je vais vous en trouver une » rétorqua-t-il avec assurance.

D'un claquement de doigt, il ordonna.

Un garçon de salle se précipita vers ce qui semblait être la réserve puis en ressortait avec trois chaises empilées. Il les posa près de l'issue et retourna dans l'office d'où il ressorti à nouveau, après quelques secondes, avec aux bouts des doigts une petite table de terrasse. Le garçon exhortait quatre jeunes hommes à rapprocher leur table de sa voisine pour permettre aux trois copines de s'installer.

Réticents de prime abord, les jeunes hommes aperçurent Léa aux bras de Paco suivit par Samia et Julie. Du coup, les quatre hommes fléchirent immédiatement. Un des jeunes hommes offrit un salut aux trois filles. Seule Julie répondit.

- « Si tu as besoin de moi, je suis derrière le comptoir avec mes gars » dit Paco à Léa avant de vaquer à ses obligations.
- « Lui, il a craqué sur toi ma petite » remarqua Julie, un brin, moqueuse.
- « Ma parole mais tu es jalouse ! » réplica Léa.
- « Tu es quand même une sacrée allumeuse ! » affirma Julie alors que Samia, approbative, hochait la tête de haut en bas.

19

- « Ce n'est pas ma faute si, il craque pour moi ! » dit Léa en rigolant.

Le garçon de salle s'approchait. Il déposa trois verres, face aux filles, sur la table légèrement brinquebalante.

- « C'est offert par Paco » dit-il avant que Samia ne questionne.
- « C'est quoi ? »
- « Des téquilas Sunrise » répondit le serveur.
- « Ah oui, c'est cool ! Après, on se fait une séance de téquila frappée ? » proposa Léa, le regard défiant.

Les amies trinquaient à nouveau sans porter de toast cette fois. A côté d'elle, les quatre jeunes hommes observaient les filles timidement. L'intensité de leur conversation s'était atténuée comme pour épier discrètement les sylvides voisines. A nouveau, le garçon de salle réapparut. Il déposa un mix de tapas également offert par Paco, qui sortait le grand jeu pour séduire la latine.

- « Ça c'est cool, je meurs de faim » dit ravie, Julie.
- « Tu envoies une bouteille avec trois petits verres, du sel et du citron » ordonna Léa au serveur, qui prit la commande en acquiesçant.

Elles dégustèrent les amuses gueules en sirotant leur breuvage cadeau et en attendant le plat de résistance. Les trois compères se remémoraient quelques-unes de leurs anecdotes communes. Léa scrutait régulièrement vers le comptoir et croisait presque toujours le regard de Paco, ce qui la troublait profondément. La chienne folle, inaccessible, était prise au piège de sentiment qui la rendait humaine. Julie observait le manège, amusée. Elle taquinait son amie à ce sujet et Léa, faussement fière, démentait et changeait de sujet. Peu à peu, l'alcool délièrent les langues des amies.

- « Julie, on ne t'a jamais vu avec un mec, tu es lesbienne ou quoi ? » demanda une Léa plus qu'éméchée.

La question déclencha l'hilarité de Samia, au point qu'elle en perdit la respiration un court instant.

- « Putain, tu déconnes Léa. Je n'ai pas le temps en ce moment. » rétorqua Julie, vexée par la question.
- « Alors, tu broute des minous ? » demanda incrédule et hilare Samia.
- « Mais non ! Vous êtes tarée toutes les deux » s'emporta Julie.
- « Prouve-le. » demanda Léa chancelante sur sa chaise.
- « Mais occupe-toi de ton barbu là. Il n'attend que ça » enchaina Julie en haussant le ton.
- « Ok ! » dit fermement Léa, à la surprise générale.

Elle se redressa en faisant glisser sa chaise dans un crissement aigu. L'équilibre devenu précaire par l'absorption massive d'alcool ne la perturba guère. Elle se dirigea vers le comptoir et partit rejoindre l'hidalgo, aux anges. Samia et Julie observait médusées leur amie racoler le gérant. Julie apposa une main sur son visage pour couvrir son regard tant elle était gênée par le culot de son amie. Samia riait niaisement.

- « Tu sais, elle n'a pas tort. Tu devrais baiser de temps en temps ! » affirma-t-elle.
- « Oui mais… »
- « Y'a pas de mais, ma belle ! Tu n'as plus quatorze ans. Faut profiter de ta jeunesse et des zizis » dit-elle tout en reprenant un fou rire.
- « Ok ! » rétorqua Julie avec sérieux.

La réponse interrompait immédiatement le fou rire de Samia.

- « Tu es sérieuse ? » demanda-t-elle à Julie.
- « Non mais vous avez raison, ça fait plus de deux ans que je n'ai rien fait. Depuis que j'ai rompu avec Arthur. Walou ! » lança Julie.
- « Deux ans ? Mais ça doit être refermé là-dedans » dit Samia en souriant.

Pendant ce temps, Léa dévorait Paco sans aucune pudeur au coin du comptoir. Julie constatait que sa conversation avec Samia avait été suivi en intégralité par ses voisins de tablé.

- « Il faut que je sorte un instant » annonça-t-elle à Samia avant de filer en direction de la porte d'entrée.
- « Attend, attend » cria Samia en la suivant, l'air inquiète.

Dehors, la température avait chuté. La froideur ressemblait plus à une nuit de Mars qu'à une nuit de Mai. Julie reprit un souffle, qu'elle semblait avoir perdue dans l'étouffante chaleur du café. Une cohorte de noceurs fumait leurs mégots dans la noirceur de la rue aux pavés devenus glissant. A cette heure avancée de la nuit, beaucoup d'âmes parisiennes déambulaient en titubant dans l'étroite mais longue, rue. Julie sollicita une cigarette auprès d'un homme accoudé sur mur, qui lui tendit sans broncher. Elle porta à sa bouche la clope et l'homme, mécaniquement, l'alluma. Samia hallucinait en observant la scène.

-   « Depuis quand tu fumes toi ? » lança-t-elle.
-   « Depuis maintenant ! » répondit Julie, visiblement énervée.

Samia hochait la tête de droite à gauche quand elle entendit.

-   « Mais qu'est-ce que tu fous là toi ? »

Son sang se glaça alors qu'elle venait de reconnaître la voix de son frère ainé. Elle ne répliqua pas et s'immobilisa presque instantanément.

-   « En plus, tu es fringuée comme une pouf ! Zarma, c'est pour ça qu'on te paye des études » vociférait le frère.
-   « Attend Aziz, je suis sorti avec mes amies pour fêter la fin de l'année. Je ne fais rien de mal ! » répliqua Samia.

23

- « Tu as picolé en plus. Shuma ! Tu te rends compte de la peine que ça va faire à maman. Allez, rentre chercher tes affaires, je te ramène »
- « S'il te plait Aziz » supplia Samia.
- « Magne-toi » hurla-t-il sans attendre d'explication.

Aziz avait endossé le rôle de chef de famille au décès du paternel. Victime d'un cancer des poumons, le patriarche avait laissé en héritage au fils ainé, trois sœurs. Le shibani connaissait l'importance de l'éducation alors qu'il avait œuvré dans une usine toute sa vie. Condamné à voir, à vie, les petits nouveaux obtenir des promotions quant lui, l'ancien peinait à obtenir de minuscules augmentations, il avait fait promettre à Aziz et sa mère, sur son lit de mort, de faire en sorte que chacun des enfants puissent réussir scolairement. Aziz avait pris très à cœur cette mission qu'il menait avec fermeté. Malheureusement, il s'était marié depuis, avec une femme venue du bled, à l'éducation rigide et plus enclin aux valeurs ancestrales qu'à la réalité du moment. Avec le temps, il se radicalisa, perdant les valeurs d'une république, que son père pensait être salvatrice et se métamorphosa à l'instar de sa belle-famille, en tyran. Il ne maintenait son soutien à ses sœurs qu'épisodiquement et uniquement par la promesse faite à un père mourant.
Samia savait qu'il ne fallait pas insister et obéit à contre cœur.
Julie observait Aziz. Il incarnait la méchanceté personnifiée. Elle était peinée par la situation. Elle se sentait coupable d'avoir entrainée par sa sortie, son amie dans un piège.

- « Qu'est-ce que tu as à me regarder comme ça, toi ? »
  dit Aziz agressivement.
- « Tu es ridicule, mon pauvre ! » rétorqua Julie sans se
  démonter.

Cela arracha un sourire à la bête, qui se gaussa.

- « Tu ne trouves pas ça hypocrite de ta part ! Non mais
  qu'est-ce que tu fous là toi si ce n'est pas bien ? Toi, tu
  as le droit de faire le con mais ta sœur, elle doit rester à
  la maison à faire des mioches » brailla Julie écœurée
  par l'attitude du bourreau de son amie.
- « Mais t'es qui toi pour me parler comme ça ? »
  enchérit-il en montrant la paume de sa main.
- « Et en plus, tu veux me frapper ! Sous merde va ! »
  hurla-t-elle sous le regard abasourdi des fumeurs et
  badauds à proximité.

Aziz baissa la main et expira comme pour se maitriser. Samia
réapparut. A peine dehors, il l'enserra violemment et la traina
vers lui. Le pas empressé, les deux disparurent dans l'obscurité
de la rue pourtant animée. Julie n'eut même pas le temps de
saluer son amie tyrannisée. Elle jeta sa cigarette consumée et
rentra vite, retrouver son verre sur une table devenue déserte.
Léa était toujours en compagnie de Paco et n'avait rien perçu.
Julie ne souhaitait pas casser l'ambiance et attrapa la bouteille
au deux tiers vide. Elle prit trois rasades du fameux breuvage
coup sur coup. Puis, se sentant un peu trop esseulée, elle
engagea la discussion avec un des garçons de la table voisine.
Ce dernier paraissait intimidé par la belle. Julie se lança dans

un monologue contre les males. Le jeune homme tenta de débattre cependant Julie était trop ivre pour comprendre les sons qu'elle entendait. Rapidement, le garçon se détourna de la conversation.

Un peu plus tard, Léa vint réveiller Julie qui s'était écroulée sur la table.
- « Chérie, je vais dormir chez Paco. Il habite juste à côté. On va te trouver un taxi pour rentrer » lui dit-elle.

Les paupières presque closes, Julie se sentait nauséeuse.

- « Reprend un ou deux verres, ça va te redonner du tonus pour rentrer. C'est un truc de bringueur » proposa Léa.

Julie semblait avoir atteint ses limites. Malgré tout, rentrer en taxi en étant malade n'était pas une option très réjouissante. Avec difficulté, elle se resservit un verre qu'elle ingéra laborieusement. Les yeux presque révulsés, elle recommença espérant que la liqueur aurait un effet jouvencelle.

Léa trainait. Julie s'impatientait. Elle jeta un œil sur la bouteille qui était irrémédiablement vide. Instinctivement, Julie se leva, prit sa veste qu'elle tentait, sans succès d'enfiler et sortit de l'établissement en titubant exagérément. La fraicheur rendait le pavé dangereux ce qui n'aida pas Julie dans sa progression. L'antigel qui coulait dans ses veines la rendait insensible au froid. En sortant de la rue, les lumières vives de la place de la bastille, l'aveuglaient.

Julie se casa sur un trottoir près de la place et oscillait avec la main en l'air pour apostropher un transporteur. Elle devisait seule dans un dialecte indéchiffrable. Quelques trainards l'observaient amusés. Après tout, ce n'était que monnaie courante dans ce quartier !

- « Vous cherchez un taxi ? » entendit-elle.
- « Oui, un taxi » peina-t-elle à répondre.
- « Bouge pas, j'arrive » lui dit l'homme.

Julie baissa le bras et expira. Elle chancelait toujours, luttant pour conserver un équilibre devenu précaire.
Une Renault megane s'immobilisa devant elle. L'homme qui lui avait proposé un taxi en sortit et ouvrit la portière arrière. Il aida Julie à s'engouffrer à l'intérieur. Elle s'écroula sur la banquette.

- « Où allons-nous ? » lui demanda l'homme.

Julie parvint à se redresser au prix d'un effort harassant.

- « Vous êtes un taxi ? » demanda-t-elle incrédule.
- « Bien sûr ! » répondit l'homme.
- « Pourquoi, Il n'y a pas de compteur ? » interrogea-t-elle.
- « Ne vous inquiétez pas » répondit l'homme en se retournant.

Le regard cristallin du chauffeur l'envouta illico. A bout de force, Julie perdit connaissance. Affalée sur la banquette arrière, elle s'endormit dans un sommeil profond.

3

Il y avait ce visage extrêmement beau de cet homme inconnu. Ses yeux verts limpides, qui la contemplaient semblaient inexorablement s'être imprimé comme fond d'écran. Elle ne discernait que ce visage. Tout n'était que flou et inconsistance. Puis apparaissait la femme blonde nue, enchainée à un mur par une chaine de bagnard. Elle semblait assez loin. Un focus la rapprochait rapidement. L'image se fixait. Après quelques secondes, la jeune femme blonde se retournait lentement laissant apparaitre son identité jusqu'alors inconnue. Julie reconnaissait son propre visage, excessivement grimé de mascara dégoulinant.

- « Non ! » hurla-t-elle en s'extirpant de ce cauchemar.

Les yeux grands ouverts et toujours dans l'obscurité, elle n'avait pas rêvé. Tout était réalité. Elle était captive. L'angoisse s'empara d'elle. Que faire pour sortir de cet enfer ?

A nouveau, son rythme respiratoire s'amplifia. Elle s'exhorta à se tranquilliser en cherchant à tâtons la lampe torche qu'elle trouva rapidement. Elle l'alluma. Sa migraine avait disparu durant son dernier sommeil, réparateur, semblait-il. Elle expira et s'auto-apaisa en enchainant des exercices respiratoires.
Puis, elle auscultait à nouveau son lieu de détention en espérant trouver une issue. La porte était verrouillée de l'extérieur. Aucune poignée dans l'enceinte à empoigner. La ferraille des cloisons la condamnait définitivement. Elle tentait un instant de défoncer l'issue en assénant quelques coups de pieds violents. Evidemment, l'exutoire restait de marbre et Julie se résignait rapidement. Echaudée, elle descendit alors de son perchoir, le jerrican et dévissa le bouchon rouge situé à son extrémité. Elle n'avait aucun autre récipient pour s'hydrater. Elle versa maladroitement, un peu du contenu dans le creux de ses mains pour assouvir sa soif. Une grande partie se répandit sur le sol.

- « Non, non, non ! » cria-t-elle en comprenant qu'elle n'adoptait pas la bonne méthodologie.

Elle récupéra le précieux liquide au sol en imbibant ses mains qu'elles apposaient instantanément sur son visage bouillonnant. Il devait boire au goulot pensait-elle en refermant l'ustensile. Rafraichie, elle continuait son investigation, minutieusement. Derrière la litière, elle aperçut une minuscule grille de ventilation. Elle déplaça le bac à gravier, se mit à genoux et tentait d'arracher la fermeture à mains nues. L'effort fut intense mais de courte durée. La grille était fixée par des vis.
Elle avait bien conscience qu'en aucun cas, elle ne pourrait s'enfuir par cet orifice minuscule néanmoins la possibilité

d'entrevoir l'extérieur la motivait. Elle chercha autour d'elle un ustensile capable de dévisser mais ne trouva rien d'adapté. Les vis étaient rudement ancrées et l'ongle de son pouce droit céda dès le premier essai. Julie s'agaçait mais ne renonçait pas. Réfléchie, réfléchie se murmurait-elle. Aucune solution envisageable ne parvenait à son esprit en ébullition. Elle s'assit sur sa paillasse et grignota quelques fruits secs pour se sustenter.

Toujours à proximité se trouvait le cliché qu'elle peinait à observer. Cette pauvre fille attachée comme un animal la désolait. Elle imaginait sa terreur et sa douleur. Esclave comme avenir, il y avait évidemment plus enviable ! Elle abandonnait l'image au sol comme pour refuser ce qui semblait être inévitable. Julie s'encourageait à voix haute.

- « Allez, rien n'est perdue, on va s'en sortir » hurlait-elle.

Peut-être n'était-elle pas seule dans cette situation ?
Aussi, elle braillait de plus belle en demandant secours puis tendait l'oreille espérant un retour.
Indignée, elle s'asseyait et tentait de faire le point sur sa situation à voix haute.

- « Bon on m'a enlevé, ça ok ! Je suis enfermée dans un container en ferraille et je ne pourrais pas en sortir, c'est clair. Quoi d'autres, quoi d'autres. Ah oui, j'ai à boire et à manger pour dix jours et je suis sur un bateau. Putain mais où on va sur un bateau en dix jours ? »

31

Les deux mains de Julie trépidaient à un rythme soutenu.

Comment était-elle arrivée dans cette caisse ?

Elle fermait les yeux et essayait de se remémorer les évènements. Elle imaginait avoir été droguée.

Dix jours, dix jours ! Ces mots se répétaient, martelant son esprit sans répit.

Avec comme dernier souvenir, le départ de Samia avant un black-out total, les indices lui permettant de savoir depuis combien de temps elle était enfermée dans ce container semblait d'une minceur affligeante.

D'où ce bateau était-il parti ? Le havre, Marseille ? Combien de jours avait-elle dormi ?

Les questions affluaient.

- « Voyons, il faut trente-six heures pour aller de Sète à Tanger » dit-elle à voix haute.
- « Un jour et demi. Merde mais où on peut aller en dix jours ? »
- « Réfléchie conasse ! Attend, un jour et demi pour faire à peu près mille deux cent kilomètres, c'est la longueur de l'Espagne, je crois »

En plissant les yeux, Julie se remémorait un voyage familial effectué avec sa famille quelques années auparavant. Son père avait décidé de s'initier aux joies du surf après avoir vu une émission à ce sujet. La crise de la quarantaine aidant, il avait entrainé sa petite famille au complet. Le temps des vacances, ils étaient descendus tous ensemble en voiture vers Agadir. L'odyssée, les avaient contraints à traverser l'Espagne, tout entière, de Lyon jusqu'à Algésiras. Ils prirent ensuite le ferry

32

pour traverser le détroit de Gibraltar avant d'enchainer neuf cent kilomètres de route au cœur du Maroc. Au retour, le père avait opté pour le bateau entre Tanger et Sète, pour quelques deniers de plus.

- « Mille deux cent kilomètres en trente-six heures, ça fait cent kilomètres toutes les trois heures donc, ... »

Julie sentit son crane bourdonner. Le battement de cœur ressentit entre les tempes réapparut, ce qui lui fit perdre un instant le fil de ses idées. Elle s'approcha du jerrican, ouvrit son embouchure, en fit couler avec précaution, un filet qu'elle porta à sa bouche. Puis elle en recracha une partie dans le creux de ses mains avant de les appliquer sur son visage.

- « Bon, cent kilomètres toutes les trois heures, ok. En dix jours, il y a dix fois vingt-quatre heures, ok. Vingt-quatre est un multiple de trois, ça fait huit donc on doit faire huit cent kilomètres par jour soit huit mille kilomètres. Putain mais il m'emmène où? »

Moyen orient, Afrique, Amérique centrale, Amérique du nord, tout semblait possible. Elle pouvait éliminer l'Asie et tous les pays de l'hémisphère sud, inatteignable en si peu de temps.

Soudainement, Julie ressentie une vive douleur au creux de l'estomac. Des frissonnements l'envahirent. Puis l'intestin se mit à gazouiller et le rectum convulsa comme pour retenir à l'intérieur ce qui devait normalement sortir. Finalement, Julie se précipita sur sa litière, baissa sa culotte et déféqua. Une dysenterie naissante la contraignait. L'odeur était pestilentielle comme peut être une litière de chat sans couvre-chef. Elle s'en extirpa rapidement. Aucun papier dans le paquetage pour conserver un peu de dignité. Julie s'interrogea sur le fait d'utiliser ou non l'eau pour sa toilette intime. Les conditions étaient si spartiates qu'il fallait faire avec. Elle devait voyager à coté de ses excréments, c'était ça, la dure réalité. Le fessier encore luisant et malgré le dégout de la situation, elle prit parti de ne pas dilapider ses maigres ressources et restait accroupie, attendant de sécher naturellement.

Alors qu'elle se trouvait dans une position assez inconfortable, pragmatique, elle réalisa qu'il fallait s'organiser. Dix jours représentaient trente repas soit trente portions. Elle empoigna le carton et fit à nouveau le point sur ses denrées. Julie agrippa le paquet de graine de tournesol qu'elle ouvrit en le déchirant en coin de bouche et versa le contenu au fond de l'emballage. Elle partagea en deux l'amas de graines, puis les deux tas encore en deux et à nouveau en deux qui formèrent huit petits tas. Perplexe, elle poursuivit sa démarche en déchirant le sachet d'abricot séchés qu'elle répartit à parts égales sur les huit petits tas précédemment effectués. Elle recommença l'opération pour les amandes et les raisins secs. Pour la vitamine C et les gélules de gelée royale, cela était beaucoup plus simple, il n'y avait que dix cachets et dix gélules. Il paraissait évident que ses ravisseurs n'en étaient pas à leur première opération. Tout avait été raisonné dans les moindres détails comme les piles de rechange pour la lampe-torche, la carte pour se préparer mentalement, les vitamines pour conserver un peu d'éclat, la robe sans ceinture, pas de chaussures donc pas de lacet et même la hauteur du container ne permettant pas de se redresser complètement comme pour, déjà, se soumettre.

Julie décidait de survivre et malgré les conditions hygiéniques déplorable, s'astreignit à une séance improvisée d'abdominaux. Le sport avait toujours été le moteur de sa vie et l'entrainement la rendait forte moralement. Aujourd'hui, elle devait être encore plus forte se disait-elle alors qu'elle enchainait quelques pompes.

Le temps défila sans que Julie ne puisse le maitriser. Pas de montre ni horloge, pas de jour, pas de soleil. Comment savoir s'il faisait nuit ou jour, quand manger pour être dans le timing ?
Cela lui paraissait être infiniment long à mesure que les portions disparaissaient. Elle utilisa les écorces de graines de tournesol vide qu'elle jeta dans la litière pour recouvrir la puanteur. Pour s'endormir, elle repensait à ses moments de bonheur passé. La douceur de sa maman, les pitreries de son papa toujours en éveil pour la distraire, la complicité d'avec son frère cadet et l'amitié de ses amies. Les souvenirs de bonheur passé contrastaient avec la réalité abominable. Des images fugaces lui revenaient en mémoire sans qu'elle ne sache s'il s'agissait de la réalité ou de l'imaginaire.
Des réminiscences du beau visage du chauffeur de taxi apparaissait sporadiquement puis elle l'observait discutant avec un autre homme plus âgé au visage flou. Ils se séparaient après une accolade chaleureuse.
Julie paraissait être allongée sur un lit à proximité. Des réminiscences la hantait. Elle se trouvait être à genoux,

bâillonnées, les yeux noircis par le rimmel dégoulinant, les mains prisonnières dans son dos, le collier de cuir noir à son cou et la chaine de bagnard tendue, maintenue au mur par un cercle d'acier. C'est toujours à ce moment, qu'elle s'éveillait en transe, en sueur, terrorisée par un futur inconnu.

4

Le mouvement oscillatoire semblait avoir disparu. Le bruit lointain grave comme le ronflement d'un moteur avait cessé. Julie gisait prostrée sur sa couche. Sa robe était maculée d'immondices et son corps couvert de poussières. Depuis quelques temps, elle ne s'astreignait plus à la gymnastique qui l'avait maintenue en éveil. Ses conditions de détention insupportable lui avait fait renoncer à cet exode salvateur. Elle avait totalement perdu le contrôle sur le temps. Elle avait abandonné et passait son temps à chercher la paix dans le sommeil. Elle ne prenait même plus la peine de se redresser pour se nourrir. Le jerrican d'eau était prêt à se tarir et il ne restait qu'une portion d'aliment. Julie n'avait aucune certitude sur la viabilité de ses calculs cependant elle savait qu'elle aurait besoin d'un maximum d'énergie à son arrivée. Pour cela, tel un ours, elle hibernait, forcée.

Parfois, elle se mettait à rigoler seule. Un rire psychotique, effrayant ! Elle se percevait comme une truie dans une porcherie. Un bout de viande en sursis dans sa crasse !
Elle perdait l'estime d'elle-même. Julie n'avait pas ressenti le mal de mer. Par moment, elle s'était imaginée être au creux des vagues par le tangage excessif mais tout n'était que spéculation.
La chaleur dans la boite avait démesurément augmenté, rendant encore plus nauséabond, l'air devenu vicié. Les piles venaient de rendre leurs derniers souffles et Julie était aveugle.

Un bruit de ferraille assourdissant réveilla la captive. Le container resta immobile. Agenouillée, les bras écartés comme pour se maintenir en équilibre et se protéger, Julie était sur le qui-vive. Elle tendit l'oreille et tentait d'évaluer la situation. Sa geôle était toujours stationnaire, plus de bruit alentour. L'attention se relâcha, un peu. Elle expirait comme pour soulager son esprit du stress occasionné qui venait de la sortir d'une torpeur récurrente. Puis elle se sentit happée par la gravité. Son estomac lui sortait presque par la bouche alors qu'elle se sentait prise de vertiges. L'ascension s'arrêta brusquement et l'enchainement latéral fit rompre l'équilibre de Julie, la projetant au sol violemment. Allongée sur le ventre, les bras en croix, paume des mains vers le sol et joue droite aplatie sur le plancher poussiéreux, Julie se figea, à l'écoute de toute information sensorielle. D'un coup, elle sentit le changement de direction brutal et fut happée inversement. Comme dans un ascenseur rapide, elle ressentait la gravité. Julie appréhendait ce moment depuis son réveil dans sa minuscule geôle. L'effroi était malgré tout atténué par la curiosité. Depuis dix jours, elle s'était transformée. Elle était devenue un animal capturé. Dix jours dans une boite lui avaient semblé être dix mois. Elle devait en passer par là, c'était son destin. Terrible !

L'atterrissage fut aussi bruyant et brutal que l'accostage. Julie entendit des pas et des voix distinctement au-dessus d'elle mais le volume était juste audible. Un grincement exagéré retentit. Une porte venait de s'entrebâiller. Transie d'inquiétude, Julie se crispa comme statufiée. Elle entendit la voix rauque d'hommes. Elle ne reconnaissait pas le dialecte. Puis elle discerna le son de clé dans une serrure et la porte de sa prison d'acier céda. Les yeux exorbités, elle se trouvait face à ses tortionnaires. La lumière s'engouffrait dans sa cellule, amoindrie par l'amas d'ombres d'hommes postés à l'entrée de l'enceinte. Julie tremblait comme une feuille ballotée par un vent tourbillonnant. Un homme la harangua dans un français très accentué.

- « Viens ici ! » criait-il.

Julie ne broncha pas, tétanisée par la situation. D'autres hommes en retrait braillaient et vociféraient.

- « On n'a pas de temps à perdre, amène-toi ou je viens te chercher » menaça l'homme.

Julie recouvra la raison et avança, voutée vers l'exutoire. Soudain, alors qu'elle se présentait devant l'issue, l'homme qui l'avait interpellé, la saisit par les cheveux et la hala brutalement. Julie n'eut pas la force de se débattre et poussait des petits cris de douleur. Rapidement, ils évacuèrent le grand container. La boite dans laquelle Julie avait voyagé était elle-même enfermé dans une autre, un peu plus grande, remplit de produits exportés. Dehors, la lumière l'aveugla instantanément. Le soleil lui brula le corps. Julie ne percevait rien tant le contraste entre la nuit dans laquelle, elle était plongée depuis des lustres et l'intensité lumineuse nouvelle était traumatisante. Il lui aurait fallu quelques instants d'adaptation pourtant à peine sortit, trainée par les cheveux comme une vulgaire marchandise, elle fut conduit et projetée à l'intérieur d'une fourgonnette. Deux autres jeunes filles jonchaient le plancher, tétanisées elles aussi, alors que trois malabars, armés de fusils mitrailleurs et vêtus d'uniformes militaires les maintenaient en joue. Ils étaient assis sur une banquette installée sur le flanc gauche du véhicule. La chaleur était accablante. A l'intérieur, l'air peu présent était difficilement assimilable comme dans un sauna. Les ravisseurs arboraient des treillis couleur camouflage, des rangers commandos ainsi qu'un marcel kaki. Leurs bras luisaient et leurs visages ruisselaient.

Julie s'allongea près des deux autres jeunes filles collées l'une sur l'autre. Ses yeux fixaient les mitraillettes.

-   « Tu baisses les yeux » hurla un des hommes.

Julie acquiesça et se soumit à l'ordre reçu.

-   « Vous êtes françaises ? » chuchota-t-elle en direction des compagnes d'infortunes.

- « Tu fermes ta gueule ! » hurla un des geôliers en se levant brusquement et en pointant son arme en direction de Julie.

Les deux mains devant la tête comme pour s'excuser, elle courba à nouveau l'échine. Le militaire reprit sa place près de ses compagnons et ils ricanèrent. Ils parlaient entre eux dans un afrikaner indéchiffrable. La voisine de Julie lui attrapa discrètement la main qu'elle enserra avec vigueur par solidarité. Julie tourna discrètement la tête dans sa direction et lui adressa un regard empli de compassion pour la remercier de son humanité. Leurs regards, rougis et usés par l'abondance des larmes déversées, se croisaient. Elle paraissait si chétive. Une adolescente, et près d'elle, l'autre semblait encore plus petite ! Ces hommes semblaient dépourvus de tout scrupule et sens morale.
Brusquement, la portière arrière s'ouvrit à nouveau et une autre jeune femme apparue. Elle fut projetée vigoureusement à l'intérieur et s'affala.

- « Bande de connards ! » hurla-t-elle.

Un militaire vint la gifler pour la punir de son outrecuidance. La fille resta stoïque et garda sa dignité. Julie l'observait avec admiration. C'était une très belle jeune femme. De beaux cheveux auburn et des yeux vert émeraude, un visage lumineux malgré l'éprouvant périple avec un rictus en son coin. Un vrai corps de femme, pulpeux à souhait ! Elle rejoignit les prisonnières affalées sans accepter de se soumettre, la tête haute.

- « Baisse les yeux sale pute » cria un des militaires.

Elle n'obtempéra pas, continuant à défier la junte. Alors le manège reprit et elle encaissa à nouveau une gifle violente. La lèvre en sang, elle redressa les yeux et rigola. Julie était estomaquée par le courage déployé par cette inconnue.

- « Vous croyez me faire peur sale batard. J'en ai pris toute ma vie des coups. Fumiers ! » hurla-t-elle avant de reprendre une correction sous les yeux horrifiés des teenagers.

Julie osa.
- « Arrête, ils vont te massacrer » lui dit-elle en lui prenant la main.

La jeune femme auburn hocha sa tête, tuméfiée, de haut en bas, acceptant le conseil de sa voisine qui recourba l'échine instantanément. Les militaires avaient été surpris par l'attitude la rebelle pulpeuse. Un d'eux sortit du véhicule et fit son rapport à ce qui semblait être le chef des ravisseurs. Puis la portière s'ouvrit à nouveau et une cinquième jeune fille entra. Comme les deux autres petites, elle était terrorisée. Elle avait les cuisses maculées par l'urine qu'elle n'avait pu retenir. Toutes étaient vêtues de la même robe, blanche à l'origine. La porte se referma et le grondement du moteur de la camionnette, apparu.

- « Ne bougez pas ! » ordonna l'un des surveillants.

La fourgonnette avança. La route devait être défoncée car les tressautements se succédaient. Julie fixait les ravisseurs qui riaient. Elle ressentait colère et haine à leurs propos. Les petites sanglotaient.

- « On va s'en sortir ! » chuchota Julie pour les rassurer.
- « Tu rêves ! » lui dit la rebelle en chuchotant à son tour.

Deux heures passèrent. Les corps des filles ruisselaient. L'odeur mêlée de transpiration et d'urine avait rendu le voyage encore plus éprouvant. La fourgonnette s'immobilisa. Le chauffeur coupa le moteur. Les portes arrière s'ouvrirent et les trois surveillants descendirent en pointant leurs armes sur les filles.

- « Descendez ! » leur ordonna-ton.

Julie sortit la première. Les trois petites lui emboîtèrent le pas. Dehors, elles aperçurent l'environnement. La terre ocre était omniprésente. Des cases en terre cuite, devant lesquels jouaient des mômes à peine vêtus, étaient disséminées un peu partout. Des remparts entouraient l'enceinte gardés par une multitude d'hommes armés de mitraillettes. Un puit ornait le centre du camp.

Le soleil culminait à douze heures et lançait ses ultras violets comme des flèches, sur les corps blancs incandescents des filles.

- « Mais lâchez-moi bande d'enculés ! » entendit-on.

La jeune femme rebelle se débattait à nouveau. Julie était inquiète pour elle.
Était-ce une bonne méthode que de défier des ravisseurs ?
N'étaient-ils pas prêt à tout ?
Une autre camionnette était stationnée à proximité de la leur. Un homme sortit du bâtiment principal. Les militaires le saluaient. Cela devait être le responsable. Il avait une barbe grisonnante et la peau noire très foncée comme ses hommes. Il se dirigea vers les filles d'un pas décidé. Julie baissa la tête et avança quand elle en reçue l'ordre, suivit par ses trois petites partenaires de galère. La rebelle se débattait à l'arrière avec ses geôliers. Le responsable ordonna à ses hommes de conduire les filles en cellules dans le bâtiment d'où il venait de s'extraire. Puis il prit le chemin le menant vers l'insubordonnée. Julie entendit les hurlements de son condisciple alors que le responsable la martelait violemment avec sa matraque.
Le premier groupe entra dans la bâtisse. Le sol était recouvert de terre battue presque rouge. Un petit bureau se trouvait sur la droite à l'entrée. Un militaire était assis et remplissait une main courante. Les murs étaient construits en terre cuite. Deux persiennes laissaient passer un filet de lumière. On entendait les pleurs de femmes captives et le hurlement des surveillants réclamant le silence. Le hall était exigu et exhibait une porte bien plus volumineuse. Le gardien assis derrière le bureau recensait les nouvelles arrivantes.

- « Donne ton prénom » ordonna-t-il à Julie.

Elle annonça son prénom à demi-voutée. Un des gardes, la poussa en direction de la grosse porte. Les petites s'identifièrent à leurs tours. Il y avait Anaïs, Chloé et Clairvie. Le gardien ne comprit pas le dernier prénom.

- « C'est quoi ce prénom ? » lança-t-il à ses camarades amusés.
- « On va noter Claire sinon le boss ne va pas aimer ! » dit-il avant de faire signe au portier d'ouvrir la porte des cellules.

Celui-ci déverrouilla la serrure à l'aide de grosses clés datant de la préhistoire. A ce moment, le présumé chef entra à son tour dans le hall avec bien enserré dans sa main droite, la chevelure de la rebelle, complètement ko. Il l'avait tiré par le cuir chevelu depuis l'extérieur comme un fétu de paille.

- « Jette-moi cette vermine dans son trou ! » ordonna-t-il à un de ses hommes qui exécuta sans palabrer.

Julie pénétra la première dans les entrailles du bâtiment. Le sol était recouvert d'une petite couche de béton à peine taloché qui affichait de multiples fissures. Elle aperçue une dizaine de cellules face à elle. Les portes en bois barricadées par d'imposants verrous à clapets étaient surmontées de judas proéminent. Deux hommes accueillirent les recluses. Un, avait des bottes en caoutchouc sur son treillis.

- « Venez avec moi » exigea-t-il.

Julie et ses trois camarades le suivirent. Julie observait les portes des cellules avec effroi. Le groupe arriva quelques mètres plus loin dans une pièce qui ressemblait à un garage mais où le sol était humide.

- « Déshabillez-vous » ordonna le tortionnaire aux quatre filles interloquées.
- « Euh toute nue ? » demandait Julie.
- « C'est l'heure de la douche ! » répondit l'homme en rigolant.

Les filles enlevèrent leurs vêtements sous l'impulsion de Julie qui obéissait sans parlementée. Elle avait vu Léa se faire amocher ce qui avait quelque peu éteint ses velléités de résistance.

Entièrement nues, sales et poussiéreuses, le tourmenteur les fit reculer jusque près du mur. Puis il alluma un générateur qui mit en marche un karcher. Il arrosa alors les filles comme on lave une auto. Le jet puissant cinglait les frêles cotes des malheureuses qui criaient leurs souffrances. L'homme leur jeta des savons et exigea qu'elles se frottent allégrement. Elles obéirent. Puis il les rinça dans une frénésie identique. Un autre homme entra dans la pièce avec ses bras couverts de serviette de toilette. Il s'approcha des filles et leur en tendit une à chacune. Cet homme à l'œil vicieux et scrutait les formes des petites sans se camoufler. Il vint tâter le petit fessier d'Anaïs en la défiant du regard. La misérable se mit à pleurer instantanément. Cela déclencha au pédophile un fou rire qui perdura. Chacune des filles, nues sous leurs minuscules serviettes, furent conduites vers leurs nouvelles habitations.

Une fois la porte refermée, Julie aperçue un peignoir qu'elle s'empressa d'enfiler. Un matelas de soixante centimètres de large par un mètre quatre-vingts de long ornait le sol. La paillasse semblait quand même plus confortable que celle du bateau. La surface du cachot, cinq mètres carrés, n'offrait qu'un luxe modéré en comparaison. Une lucarne armée de barreaux laissait passer quelques rayons de soleil. Trop haut placé, elle ne permettait pas de vision sur le camp.

Julie entendait les pleurs des filles dans les autres alvéoles. Tout avait été si vite depuis l'accostage !

Elle avait accepté tout ce qui lui avait été demandé sans broncher et sans réfléchir par instinct de survie.

Elle s'étala sur sa paillasse tant le béton lui écornait la voute plantaire par son abrasivité.

Le doute n'était plus permis. Elle était victime de la traite des blanches.

Elle se trouvait en Afrique.

De multiples questions s'entassaient dans son cortex.

Comment s'échapper de cet enfer ?

Comment survivre tout simplement ?

5

Julie était inerte quand elle fut réveillée par un coup de pied. Elle leva les yeux et vit un gardien lui tendre un plateau sur lequel se trouvaient un bol de riz, une banane et une petite bouteille en plastique. Elle s'en saisit et patienta jusqu'à la sortie du vigil pour s'alimenter. Le riz était gorgé d'eau, sans sel et sans saveur pourtant elle le dévorait comme une morphale en plongeant sa main droite qui lui servait de cuillère, dans l'auge. Elle ingurgita jusqu'au dernier grain et éplucha sa banane qu'elle savourait. Elle finit par boire l'eau trouble qui avait un gout âpre. La cellule était austère. Un pot de peinture sans anse se trouvait près du parapet et devait lui servir de latrine. Les murs, en terre cuite fissurés laissaient passer une chaleur toujours plus vive.

- « Sortez-les ! » entendit-elle, en reconnaissant la voix du caïd.

La porte s'entrebâilla. On l'invitait à se présenter au rassemblement ordonné par la brute. Dix filles s'alignaient au garde à vous. Toutes étaient européennes ou de type occidental. L'homme ne s'exprimait qu'en Français, sans faute ni accent prononcé. Toutes les filles se trouvaient dans la pièce principale à proximité des cachots. Le responsable tenait dans sa main une matraque qu'il tapotait dans le creux de sa main à faible rythme tout en marchant et en fixant chacune de ses captives. Ses sbires, bien dressés à ses côtés veillaient au bon ordre.

Il en appela un homme, qui surgit en se pressant.

- « Je vous présente Oumar votre instructeur. Vous devez lui obéir sans discuter, comprenez-vous ? » ordonna-t-il à l'assemblée.

Toutes les filles avaient le visage incliné en guise de soumission. Oumar prit le relais. Il s'approcha de chacune, attrapa la frimousse de certaines qu'il examinait avec dédain avant de les relâcher. Cet homme semblait démoniaque.

- « Toi ! » dit-il en montrant du doigt la rebelle.
- « Viens ici » ordonna-t-il.

La pauvre était courbatue. Son visage avait enflé sous les heurts reçus. Elle hocha la tête de haut en bas sceptiquement puis elle avança doucement vers le bourreau.

- « Met toi à genoux » exigea-t-il.

La folle releva la tête, le regarda dans les yeux en défiance et eut un sourire narquois avant de céder. L'instructeur s'approcha, fit glisser le zip de sa braguette et sortit de son pantalon, un anaconda géant. Il ordonna à la captive d'exécuter une fellation. La fille fermait exagérément sa bouche en refusant l'inéluctable. Sa tête tournait de droite à gauche. Elle fermait les yeux et continuait de mimer son refus.

- « Ouvre la bouche » hurla-t-il.
- « Mais jamais de la vie ! » cria-t-elle méprisante avant de refermer son clapet.
- « Je suis sûr que si » dit l'homme en rigolant et en observant ses hommes ricaner.
- « T'es malade espèce de taré si tu crois que je vais te sucer ta bite de merde » hurla-t-elle hystériquement avant de barricader sa bouche à nouveau.

Les filles observaient la scène, épouvantées. Des cris émanaient des plus jeunes que les gardes annihilaient en les menaçant. A ce moment, le caïd se leva de sa chaise et s'approcha de la fille avec toujours dans sa main, sa matraque. Il passa près d'elle en la dévisageant. La demoiselle ne baissait pas les yeux qui, s'étaient emplis de haine. Elle jeta un coup d'œil vers Julie et serra les dents en plissant les yeux comme pour attendre sa punition. Le responsable tapotait sa matraque sans discontinuer dans sa main gauche. Arrivé derrière la renégate, il scruta l'assemblée de filles. Il replaça sa matraque dans son étui et à une vitesse supersonique agrippa sa machette qui pendait le long de sa cuisse droite. D'un coup net, il trancha la gorge de la malheureuse qui s'effondra dans un silence insupportable. Les globes de l'assassin lui sortaient presque de la tête.

-   « Vous avez vu » hurla-t-il hystériquement à l'encontre du groupe.

Puis il se pencha sur le corps gisant et assena de grand coup de coupe-coupe contre la nuque de la fille, encore et encore. Le sang éclaboussait partout. Des filles s'évanouirent, d'autres hurlaient. Julie tentait de garder le contrôle de ses nerfs. Bientôt, le bruit craquant du cartilage se brisant se fit entendre. La tête était tranchée. Le tyran enserra les cheveux dégoulinant d'hémoglobine et sépara la tête du corps. Il emportait le visage de l'infortunée comme on porte son sac de provision. Il s'approcha des filles et tendit, bras levés, son trophée.

-   « Est-ce que c'est comme ça que vous voulez finir ? » hurla-t-il.

Le sang coulait sans discontinuer du cou de l'amie rebelle. Ses prunelles s'étaient révulsées et sa langue pendait. Des morceaux de chair dépassaient de sa gorge. Des fillettes vomissaient et les gardes les frappaient avant de les plonger dans leurs déjections. Julie regardait le tronc de la jeune femme se vider de son liquide. Elle se surprenait à conserver son calme. L'hystérie générale se termina quand le commandant dégaina et tira au plafond. Le détonement calma immédiatement la confrérie d'infortunée. Il posa sur le bureau son butin poisseux.

- « Ecouter, là je viens de perdre pas mal d'argent avec elle. Vous n'avez que deux possibilités. Soit, vous obéissez et peut être que vous aurez un bon maitre. Peut-être ! Soit, vous résistez et là, vous finirez en pièces détachées » dit le responsable, sarcastiquement, avant d'enchainer.
- « Vous savez, pour nous, vous n'êtes que de la marchandise qui nous rapporte de l'argent. Vos ancêtres ont fait des nôtres des esclaves. Je trouve juste, qu'à notre tour, nous en fassions de même ! » dit-il en ricanant.

Un de ses sbires, portant un seau remplit d'eau vint à sa rencontre et le bourreau se rinça les mains maculées par le sang de l'innocente. Il reprit son discours tout en continuant ses ablutions.

- « Si vous faites ce qu'on vous demande, je vous trouverais un bon maitre et peut être aurez-vous une vie acceptable. Si vous nous emmerdez, je vendrais vos organes ce qui me rapportera même plus et sans ennui. Vous voyez, c'est assez simple. Chez moi, il n'y a pas de gâchis. Votre copine là, elle va servir de bouffe pour nos chiens de garde. Je vous le dis encore, pas de gâchis ! »

Puis il s'essuya les mains dans un calme olympien, projeta sa serviette rosie sur le sol et ordonna.

- « Rentrez-les-moi dans leurs cellules et nettoyez-moi ce bordel »

Julie restait figée dans sa chambre, perdue dans ses songes. Elle se remémorait la scène de la décapitation en boucle. Cela l'avait profondément marquée. Il était assez évident que ces hommes n'hésiteraient pas à lui infliger des supplices identiques si elle n'obéissait pas.
Mais comment pouvait-elle accepter ce sort si injuste ?
Captive, dans un pays inconnu, sans papier ni argent, à la merci d'une horde de crapules sanguinaires, sans aucun espoir de sortir de là !
Pourquoi continuer ?
Peut-être n'allait-elle être qu'une donneuse d'organes pour de riches étrangers malades et sans scrupule. Toutes ces questions restaient sans réponse.
La lucarne s'assombrit et la soirée s'installa. La fournaise s'estompait laissant place à une chaleur acceptable. Puis la nuit vint s'établir et le silence remplaça bientôt, les jérémiades de ses acolytes. Par moment, Julie entendait les chiens se battre en aboyant exagérément. Quelques fois, elle entendit des filles incarcérées hurler, réveillées par leurs cauchemars cependant cela ne durait jamais très longtemps. Toutes, avaient conscience de la tragédie dans laquelle elles jouaient le premier rôle. il y avait dix premiers rôles, dix personnages et dix destins brisés.

Au matin, Julie put engloutir quelques fruits pour déjeuner. La lucarne brillait à nouveau. Les murs lézardés étaient tièdes et elle sentait l'air si faufiler. Le claquement du verrou de sa porte

indiquait la reprise des hostilités. Un gardien pénétra dans le cachot. Il l'enjoignait à le suivre. Julie toujours simplement vêtue d'un peignoir acquiesça. Escortée par deux hommes, elle sortit de l'enceinte pour se rendre dans un autre bâtiment, plus petit, situé à proximité. Il y avait toujours bon nombre d'enfants, jouant à l'extérieur avec de petits bâtons et des cercles en aluminium qu'ils faisaient avancer. Un autre semblait jouer avec un ballon crevé alors qu'une jeune femme émergeait de la porte de sa case vêtue du boubou local. Les yeux des deux femmes se croisèrent avant que l'Africaine ne détourne le regard sans la moindre émotion. Peut-être vivait-elle un calvaire identique ?
Un des gardiens frappa à la porte du petit bâtiment.

- « Entrez ! » dit une voix rauque et puissante.

Julie pénétra dans ce qui semblait être l'infirmerie du camp.

- « Bonjour mademoiselle, asseyez-vous je vous prie » dit un homme en blouse blanche.

Julie accéda à sa requête, surprise par la gentillesse de cette demande. L'homme harangua le gardien qui ne voulait pas sortir. Ce dernier finit par obéir et referma derrière lui l'accès.

- « Je suis le médecin du camp. Je vais vous faire une visite médicale classique. Ne vous inquiétez pas, rien de bien méchant ! » dit-il.

Julie était placide. Elle observait cet homme instruit qui notait au stylo à bille sur un cahier d'écolier ses observations. Il paraissait avoir la quarantaine, le visage rondouillard, les cheveux ras et l'allure bien portante. En guise de collier, un stéthoscope ornait sa poitrine. Julie le dévisageait intensément. Peut-être serait-il compréhensif ?

Le médecin se leva et conduisit Julie vers un pèse-personne à aiguille sur lequel elle monta. La balance indiquait un poids de cinquante kilos. Le médecin l'inscrivait sur son cahier puis il la mesurait et notait à nouveau. Julie l'accompagna jusqu'à la table médicale où elle s'allongea à sa demande. Le médecin lui prit sa tension et mesurait son rythme cardiaque. Puis il lui demanda d'ôter son peignoir. Julie obéissait et se retrouvait entièrement nue sur l'étal.

-   « Êtes-vous vierge ? » demanda le médecin.
-   « Non docteur, j'ai déjà eu un copain ! » répondit-elle avant d'enchainer.
-   « En plus, je ne sais pas si j'ai été violé quand on m'a enlevé. Je n'ai aucun souvenir ! »
-   « C'est bien navrant cela Mademoiselle ! » dit le docteur.

Il semblait avoir de la compassion et encore un peu d'humanité ! Julie ressentait le besoin de se confier. Elle résistait, bien consciente, que l'homme était employé par ses ravisseurs.

-   « Je vais devoir vous faire des examens, je suis désolé » dit le toubib.

- « Quels genres ? » demanda Julie.
- « Un frotti, une prise de sang pour le VIH notamment et tout ce qui va avec »
- « Mais vous êtes Gynéco ? » questionna Julie.

L'homme s'esclaffa.
Julie l'observait, étonnée par cette réaction. Le médecin se remit à rire. Il postillonna en tentant de répondre alors que son fou rire reprit puis le calme revint après quelques instants.

- « Savez-vous où nous sommes mademoiselle ? » dit le médecin sérieusement.

Julie écarquilla les yeux et ouvrit grand les écoutilles. Elle allait enfin savoir.

- « On est dans la pampa ici. Au milieu de la brousse. Je dois être le seul médecin à trois cent kilomètres à la ronde. Gynéco !!! » dit-il en s'essuyant les yeux inondés de larmes positives.

Julie était déçue par la réponse du docteur. Celui-ci s'en aperçu.
Il enfilait une paire de gants chirurgicaux, fit ouvrir en grands les cuisses tremblantes de sa patiente et enchaina, en pratiquant sa besogne.

- « Ecoutez ici, vous vous trouvez dans un pays du tiers monde. Un des pays les plus pauvres du monde. Les politiciens sont tous corrompus par les trafiquants.

57

C'est eux qui ont le pouvoir. Moi, je suis obligé d'obéir sinon mes enfants prendront à votre place et de toute manière, ils trouveraient un autre médecin. Ici, vous n'avez aucune chance de vous en tirer »

- « Mais que vont-ils faire de moi ? » demanda Julie dépitée.
- « Ils vont vous vendre. » répondit le médecin le plus naturellement du monde.
- « Mais à qui ? » questionna-t-elle.
- « Un prince saoudien, un armateur grec, un bordel africain, je ne sais pas moi ! Une chose est sure, pour eux, vous avez une valeur marchande et ici, c'est une des plaques tournantes du commerce d'humains. Croyez-moi, obéissez et vous aurez peut-être une chance mais pas dans ce pays. »

La messe était dite. Cela confirmait à Julie ce qu'elle pensait. Devant l'horreur de ce qui l'attendait, elle eut un moment de désespoir.

- « Courage ma petite, tant que tu n'es pas morte tout est possible » dit le médecin.

Julie enfila son peignoir et s'assit sur le bord de la table médicale. Elle remercia le docteur pour son humanité. Celui-ci la reconduit vers la sortie. Les gardiens la prirent en charge et elle fut reconduite vers sa cellule. A l'intérieur, l'attendait un pyjama de forçat et des tongs un peu trop grande. Julie revêtit son uniforme, s'allongea sur la couchette et ferma les yeux.

6

Alors qu'elle somnolait, Julie entendit le cliquetis significatif du verrou. La porte s'ouvrait. Deux hommes entrèrent dans le cachot. Ils badinaient. Les deux africains étaient très athlétiques. Ils ordonnèrent à Julie de se dénuder. La malheureuse resta de marbre.

- « Toute nue, maintenant ! » exigea l'un des deux en haussant le ton.

Julie ôta son chemisier tout en essayant de cacher ses seins menus puis elle laissa tomber son bas de pyjama en baissant la tête, presque honteuse.

- « Allonge-toi ! » commanda l'un des assaillants.

Elle obéit à l'ordre et s'étendit sur le dos, les jambes serrées et les deux mains couvrant sa frêle poitrine. L'un des hommes ôta son marcel laissant apparaitre ses muscles saillants puis il baissa son treillis sans enlever ses rangers et fit descendre son caleçon à hauteur de ses chevilles. Julie tremblait d'effroi. L'homme vint à sa hauteur et s'étendit sur elle. Avec ses genoux, il força Julie à ouvrir ses cuisses et frotta son anatomie sur le sexe de la miséreuse. Il embrassait le cou de Julie qui avait couché son visage sur le flanc droit. Des larmes coulaient de ses yeux mais elle ne bronchait pas. L'homme fit pénétrer un de ses doigts dans le vagin serré de Julie. Elle ferma les yeux tant le dégoût la touchait. L'homme retira son doigt qu'il mit à sa bouche pour l'imbiber de salive et recommença la manœuvre. Il élargit la cavité et d'un coup, pénétra Julie qui se tendit sous la violence du choc. Elle serra tellement la mâchoire qu'elle sentit ses dents s'ébrécher. Le violeur tentait de l'embrasser mais Julie s'immobilisa comme une planche à pain, en apnée. L'odeur de cet énergumène puant lui donnait envie de vomir. D'un coup, son acolyte vociféra.

-   « Met une capote imbécile, il ne faut pas la mettre enceinte !

Le violeur se retira et emballa son serpent. Cela offrit une minute de répit à Julie qui trépidait de tout son corps. Elle avait conscience que cela lui arriverait tôt ou tard. Elle n'était pas prête. Comment pouvait-elle l'être ?
L'homme se réinséra dans son orifice encore entrouvert et donna de violents coups de rein. Julie avait les yeux clos et cherchait à fuir par la pensée mais la douleur ne lui permettait pas. Puis l'agresseur beugla en déchargeant sa semence dans son sac plastique. Il se retira vite alors que l'autre se

déshabillait à son tour. Julie ne le regardait même pas, les prunelles toujours fixés sur le mur crevassé. Elle le devina approcher. La haine avait remplacé le dégoût. Le premier homme encourageait le second qui s'introduisit sans difficulté dans le sexe déjà foré de l'agressée. L'étreinte forcée ne dura que quelques secondes avant que l'assaillant n'éjacule à son tour dans son écrin flexible. Ses quelques secondes parurent des heures. Le violeur se redressa, remonta son pantalon et les deux profanateurs sortirent du cachot, la mine satisfaite. Julie se mit à frémir spasmodiquement puis convulsait. Son corps, raidi, grelotait et son regard fixait le plafond, comme un appel à l'aide. Dieu l'avait abandonné.
Souillée, elle se revêtit avec difficulté puis se recroquevilla sur le matelas témoin de son agression.

Quelques instants plus tard, un autre homme pénétra dans le cachot. Il déposa sur le sol un seau remplit d'eau, un savon de Marseille carré et une serviette. Il ordonna à Julie de se laver alors qu'elle ne bougeait pas, toujours rétractée sur elle-même. Il ressortit sans même insister. Julie se jeta sur le savon dès que la porte se referma et se désinfectait frénétiquement durant de longues minutes en sanglotant.

Comment pourrait-elle supporter pareil traitement ?
Ne valait-il pas mieux mourir ?

Après s'être rincer, elle se figea dans un coin de sa cellule les yeux rivés sur la porte

Le lendemain matin, la porte s'ouvrit. Julie n'avait pas bougé d'un iota. Un gardien entra dans la cellule. Julie se mit à trembler. L'homme lui fit signe de la main et dit :

- « Ne t'inquiètes pas, viens avec moi sans inquiétude »

Julie obtempéra. Le gardien l'escorta dans une pièce annexe au bâtiment où l'attendait une femme et un photographe. La femme occupait la fonction d'esthéticienne dans la localité. Elle prit en main Julie à peine entrée. La gazelle lui proposa de se nettoyer. Une grande bassine d'eau claire accompagnée d'un savon et d'une brosse d'antan l'attendait derrière un paravent. Dans le dressing attenant, l'esthéticienne trouva une belle robe à fleur qu'elle apporta à Julie. Une fois sa toilette terminée, Julie l'enfila. Entretemps, la femme apporta de beaux escarpins rouges. Un photographe pénétra dans la pièce. Un drap blanc était tendu sur un mur comme fond et Julie due prendre la pose.

- « Plus les photos de toi sont belles, meilleures seront tes chances de tomber sur un bon maitre. Alors sourie si tu ne veux pas te retrouver dans un bordel au Congo ! » lança-t-il sans ménagement.

Un sourire forcé fit son apparition et Julie tentait de jouer le jeu. Après quelques minutes, la séance cessait. Le photographe paraissait satisfait. Julie due revêtir ses habits de captive et retourna dans son cloisonnement.

Les jours passèrent, toujours dans l'angoisse d'être violenter. Julie percevait les cris des filles agressées. La terreur s'était emparée d'elle. Prostrée dans le coin de sa cellule, elle restait à l'écoute du moindre mouvement.

Aucune autre violence sexuelle ne lui avait été infligée comme si elle avait passé avec succès, l'épreuve de la soumission. Elle imaginait l'horreur qu'avait dû vivre les petites filles, recouvert par ces monstres de chairs noires et déchirées dans leurs plus profondes intimités innocentes. Aucune nouvelle des autres captives malgré la proximité. Aucune possibilité de communiquer sans risquer d'être punie.

Cinq jours après son arrivée dans le camp, un matin, Julie eut la visite du commandant. Ce dernier entra dans son cachot en lui tendant une robe blanche identique à celle qu'elle arborait en arrivant ainsi que des ballerines blanches sans lacet.

-   « Habille-toi, tu pars » lui indiqua-t-il.

Julie s'apprêta rapidement et sortait définitivement de son lieu de détention. De nombreuses filles étaient encore présentes dans leurs geôles dans l'attente de leurs funestes sorts. Escortées par deux malabars armés jusqu'aux dents, elle reprit place dans une des camionnettes du campement mais assise cette fois sur une banquette en bois. Il y avait comme un soulagement à quitter cet enfer mais aussi, une angoisse attenante. Julie n'osait pas questionner. Elle ne bougeait pas et attendait docilement. La fourgonnette démarra.

Après deux heures de route chaotique, elle dut descendre du véhicule. Son corps, rendu moite par la chaleur dans le véhicule, plaquait son linge sur son derme. Un portail en ferraille gris, haut de trois mètres, clôturait l'enceinte dans laquelle, elle venait de s'engouffrer en compagnie de ses consignataires. Une croix rouge sur la devanture lui indiquait qu'elle se trouvait dans un hôpital ou une clinique.

- « Ah non, non ! » se mit elle à crier.
- « Ferme là ! » ordonna un des gardes.
- « Vous allez me prendre mes organes. Je ne veux pas mourir ! » hurla Julie, convaincue par cette issue.
- « Mais qu'est-ce que tu racontes ? » lui rétorqua le gardien avant d'enchainer.
- « Tu as été vendu ma petite, ne t'inquiète pas ! »

Julie se calma instantanément. Ensemble, ils pénétrèrent dans l'édifice. La clinique était déserte, totalement dépeuplée. Les gardiens se dirigèrent vers une pièce dans le fond de la bâtisse. Ils connaissaient parfaitement les lieux. Lorsque la porte s'entrebâilla, Julie aperçue un visage familier en la personne du docteur du camp. Cela la rassura illico. Le médecin ordonna aux surveillants de patienter à l'entrée. Julie s'asseyait à la demande du généraliste sur une chaise face à son bureau.

- « Bien Julie, j'ai reçu vos résultats d'analyse qui sont excellents. Je dois vous ausculter à nouveau à la demande du client, j'espère que vous comprenez ! » dit-il solennellement.

Julie hocha la tête en signe d'accord.

- « Donc déshabillez-vous et installez-vous sur la table médicale s'il vous plait » demanda-t-il.

Julie s'approcha de la table, retira sa robe et ses souliers, qu'elle prit le soin de placer sur une chaise à proximité et s'allongea sur l'étal, dénudée. Le docteur fit un signe aux sbires qui vinrent se placer de chaque côté de l'intéressée. Julie fut prise d'un frémissement lié à cette situation. Les deux malfrats l'empoignèrent pendant que le médecin la sanglait sur le lit. Elle tenta un bref instant de se débattre mais abandonna rapidement la lutte sous le poids des assaillants. Une fois, les poignets liés, le docteur sortit un appareillage gynécologique pour maintenir cuisses ouvertes, sa patiente.

- « Vous allez me tuer, non, non ! » criait-elle affolée.
- « Mais non ! On m'a juste commandé une petite intervention » lui répondit le médecin.
- « Alors pourquoi m'attachez-vous ? » hurlait-elle hystérique.
- « Je vous assure Julie. Ici on n'est pas équipée pour prélever des organes. C'est une intervention tout ce qu'il y a de plus simple » finit-il par dire alors qu'il venait de sangler la dernière cheville.

Le docteur fit signe à l'un des gardiens qui déverrouillait le frein des roulettes de la table. Puis il tira une poignée qui transforma la table en brancard. Julie paniquait et pleurait abondamment. Elle pensait sa dernière heure arrivée. Le brancard se mit à rouler sous l'impulsion d'un gardien qui suivait le médecin corrompu. Ils sortirent du bureau et arpentèrent un petit corridor qui les amenèrent devant une porte battante, coupe-feu.

Le médecin entra en premier et alluma la pièce. Il intima l'ordre aux gardiens de demeurer à l'extérieur et revint tracter lui-même le brancard sur lequel se trouvait Julie. Elle venait de pénétrer dans une salle d'opération et se remit à brailler. Le médecin se dirigea vers un tiroir duquel il sortit un produit liquide sous ampoule. Il empoigna une énorme seringue avec lequel il aspira le contenu de la fiole et s'approcha de Julie qui observait la scène, terrorisée.

-   « Mais pourquoi vous faites ça ? » demanda-t-elle alors que de l'écumes de salives dégoulinaient de son museau.

Le toubib resta stoïque et l'éperonna. Julie fixait le plafond lumineux et se sentit rapidement engourdie. Le sommeil la happa.

7

24 heures plus tard.

Des vrombissements astreignants congestionnaient l'esprit de Julie alors que ses paupières demeuraient lourdes. Il y avait comme un bruit de moteur d'avion, prisonnier en fond sonore. Julie ouvrait péniblement un œil. Une illumination blanche intense l'aveuglait. Sa première réaction fut de penser qu'elle était morte sous le scalpel du boucher. Pourtant elle sentait l'air, aller et venir dans ses narines. Elle referma le globe pour atténuer la douleur de l'irradiation lumineuse. Elle ressentait le symptôme de la gueule de bois ce qui la plaquait au sol. Elle se sentait lasse, si lasse ! La faim lui comprimait l'estomac. Elle sentait les sucs gastriques appeler à l'aide sans discontinuer. Elle émergea soudainement. Ses deux globes s'ouvrirent symétriquement.

Julie se trouvait dans une chambre spacieuse. Elle était étendue sur un vaste lit d'un mètre soixante de large sur deux mètres de long. Les draps étaient de couleur blanc. Ils étaient soyeux et parfaitement repassés. Julie se hissa sur ses avants bras et pris une position assise. Avec étonnement, elle découvrit son nouvel environnement. Les murs de la pièce étaient tapissés d'une moquette unie lactescente. Une porte blafarde capitonnée sur lequel semblait être encastré, un miroir de bonne taille dévoilait l'exutoire. Au sol, un carrelage à grands carreaux blancs d'une parfaite propreté siégeait. Un petit bureau de ton identique brillant, agrémenté d'un fauteuil de même couleur se fondait dans la pièce presque anonymement sur la droite. Une bibliothèque à ses cotés sur laquelle étaient entassés quelques livres cassait l'uniformité de la fresque. A gauche, un sofa en cuir blanc capitonné par des clous dorés trônait. En tournant le visage à quatre-vingt-dix degrés, Julie discerna une ouverture dans le prolongement du mur sur lequel s'appuyait sa tête de lit. Elle pouvait apercevoir le mur carrelé de faïences blanches en perspective.

Elle voulut s'en approcher et tenta de se lever. La migraine qu'elle ressentait était carabinée. Elle se prit la tête entre les mains et dans un élan vaillant se mit sur ses pieds. Elle avait été parée durant son sommeil d'un pyjama en soie blanche accompagné de son chemisier. Elle discernait la douceur et la légèreté du tissu sans égal, caressée son anatomie. Une autre douleur apparue dans son entre-cuisse. Une douleur vive comme une coupure de rasoir. Elle essaya de mettre un pied devant l'autre, non sans mal. En plus de l'affliction perçue, elle ressentait une gêne dans sa culotte. Elle baissa le bas de pyjama jusqu'aux chevilles. Elle avait l'impression de percevoir la présence d'une serviette périodique pourtant cela n'était pas le moment de ses menstruations. Elle abaissa son slip et discerna une couche souillée par son propre sang. Un pansement comprimait le haut de sa vulve qui était dépourvue de toute fourrure. Elle l'arracha sans la moindre hésitation.

- « Aïe ! » cria-t-elle en ressentant une douleur vive.

A ce moment, elle observait avec horreur la mutilation dont elle avait été victime. Elle venait de subir une traumatisante ablation du clitoris. Excisée par un barbare sur l'ordre d'un malade vraisemblablement. Julie s'effondra en larmes sur le bord du lit. Cette disparition charnelle paraissait irréelle. La souffrance morale et physique s'abattait sur la résistante.

Puis la porte de la chambre s'ouvrit. Un homme élégamment vêtu à l'aspect arabisant, apparu. Il portait un petit plateau sur lequel trônait un verre adossé à un réceptacle contenant semblait-il quelques pilules.

- « Bonjour Mademoiselle Julie » dit l'homme avec un léger rictus sympathique.

Julie remonta son pyjama d'un seul coup, très rapidement et tel un animal captif, se recroquevillait.

- « Je viens pour vous soulager » annonça l'homme endimanché.

Il posa le plateau sur le petit bureau. Il retira le capuchon d'un tube d'Efferalgan et précipita un cachet dans le verre plein d'eau qui se mit en ébullition.

- « Tout d'abord soyez la bienvenue mademoiselle. Je me présente. Je me nomme Abdelkrim et suis l'assistant personnel du maitre des lieux. Soyez certaine que nous comprenons votre situation et nous tacherons de rendre acceptable votre séjour au palais » dit-il en tendant le verre.

Julie parut déconcertée. Elle attrapa machinalement le verre.

- « Buvez, buvez ! » demanda Abdelkrim.

Julie porta le récipient à sa bouche et bue d'un trait le contenu.

- « Avez-vous faim ? » questionna-t-il.
- « Je meurs de faim » osa-t-elle tout en larmes.
- « Bien. Je m'occupe de ça tout de suite ! » dit-il avant de ressortir de la pièce.

Julie semblait hagarde. Assise sur le rebord du lit, perdue dans ses pensées, elle s'immobilisa. Cela faisait beaucoup, beaucoup d'un seul coup ! Une chose était sure, elle n'était pas morte. Sa nouvelle geôle semblait largement plus confortable que la précédente. Elle affichait une moue dubitative en y réfléchissant.
Que cela pouvait il cacher ?

Elle se leva à nouveau et se rendit clopin-clopant vers la porte d'entrée. Elle s'observa dans le miroir. Son visage amaigri et les cernes sous ses yeux traduisaient de ses récentes souffrances. Elle cria et frappa le mur avec ses deux paumes de main. Puis elle tourna les talons et inspecta la pièce blanche. Elle s'assit sur le fauteuil du bureau qui pivotait, contempla les bouquins sur l'étagère puis se leva et caressa le sofa en cuir blanc avant de découvrir avec étonnement, une douche italienne dissimulée astucieusement derrière le lit. L'épanchement inséré dans la faïence ressemblait à l'exutoire de toilettes turques et paraissait servir aussi bien pour la douche que pour les besoins naturels. L'aspirine faisait son effet et la migraine s'amenuisait. Abdelkrim revint avec un plateau repas qu'il posa sur le bureau ayant pris soin, auparavant, de refermer à clé la porte de la chambre. Julie s'assise sur le fauteuil et dévora le tajine encore enflammé. Elle mélangeait eau et plat directement dans sa bouche pour tiédir la consistance brulante. Abdelkrim l'observait visiblement, amusé.

-   « Le maitre m'a mandaté pour répondre à toutes vos questions, enfin presque toutes » lança-t-il.

Julie arrêta un court instant de s'empiffrer et le regarda. Elle mâchouillait pour tenter d'avaler le chargement déjà dans la benne.

-   « Pourquoi ? » demanda-t-elle, la bouche à demi pleine.
-   « Curieuse première question ! » répondit Abdelkrim en fronçant les sourcils.

Julie l'observait tout en continuant son festin.

- « Bien, notre maitre est un homme très occupé qui
  n'aura pas le temps de vous répondre lorsque vous
  serez avec lui donc il me charge dans une certaine
  limite de cette mission »
- « On se trouve dans quel pays ? » demanda Julie.
- « Voilà une question où je ne peux répondre que
  partiellement. Notre maitre est le prince de son
  royaume. La seule réponse que je suis habilité à vous
  communiquer, c'est que vous vous trouvez dans son
  royaume »
- « Mais ce n'est pas une réponse ça ! En Afrique, au
  moyen orient, en Europe ? » questionna-t-elle.
- « Oui ! » répondit-il.
- « Comment ça oui ? » demanda-t-elle.
- « Sur un de ces continents mais je ne peux en dire
  plus » répondit-il.

Julie semblait intriguée cependant elle avait compris qu'elle
n'obtiendrait pas de réponse donc elle s'empressa de poser une
autre question.

- « Pourquoi suis-je ici ? Qu'attend-on de moi ? »
- « Vous savez il est de tradition dans ce coin du monde
  d'engendrer. Les hommes veulent une descendance.
  Plus l'homme est puissant plus la descendance doit être
  importante. Notre maitre possède quatre épouses
  légitimes mais elles ne pourront jamais lui donner
  autant d'enfants qu'il le souhaite… »

- « Comment ? Des enfants ? » coupa brusquement Julie.
- « Oui, des enfants. Vous savez l'émir, son père, a engendré plus de cent enfants. Dans cette partie de la planète, c'est une coutume. Vous êtes comme une captive de guerre pour lui et il pense avoir l'autorisation divine comme le prophète eut des captives avant lui »
- « De guerre ? Mais j'ai été enlevée et torturée par des bouchers. J'avais une vie moi ! » cria-t-elle.
- « Ce que vous avez vécue, c'était un peu la guerre, non ? » rétorqua-t-il.
- « Emir ? » dit-elle en chuchotant.

Des larmes coulèrent à nouveau sur son visage acéré. Elle sanglotait à grosses gouttes et l'homme compatissait. Ils avaient osé la mutiler. Ils avaient osé lui prendre une partie de sa chair. Elle gardait le souvenir douloureux des geôles africaines et la peur continuelle d'être assassinée. Elle se remémorait la scène de la décapitation. Elle humait l'odeur insupportable de ses déjections dans le container. Une envie de vomir l'étreignait en se remémorant la scène de viol dont elle avait été victime.
Elle venait de quitter l'insalubrité des cachots africains néanmoins elle n'était plus la maitresse de son destin et cela était intolérable. Puis elle imaginait le visage de ses parents, le sourire de son frère et les accolades de ses amies. Elle ne les reverrait plus qu'en rêve à présent et cela lui brisait le cœur.

- « Mais comment cela est-il encore possible au vingt et unième siècle ? » dit-elle les larmes aux yeux.

- « Ecoutez, vous n'êtes pas toute seule. Vous savez, je suis aussi un serviteur du prince et ma liberté n'est que modéré. » lui dit Abdelkrim.
- « Et je vais rester toute ma vie dans cette chambre ? » demanda-t-elle.
- « Bien sûr que non ! Vous n'êtes ici que pour quelques semaines. Le temps pour le prince de décider si vous intégrez ou non le harem »
- « Harem ? » dit Julie en relevant la tête.
- Eh oui ! Vous n'êtes pas seule ici. Nous sommes au sous-sol d'un des palais du prince. L'endroit est gigantesque. Le harem des captives est à proximité, vous verrez, c'est un endroit incroyable ! » dit Abdelkrim.
- « Et si je ne fais pas l'affaire, s'il ne me garde pas, enfin qu'est-ce que je deviens ? » questionna-t-elle.
- « Cela est malheureusement déjà arrivé. J'ai vu une fille être donné en pâture aux employés du maitre. La pauvre a été violé sans relâche pendant de nombreux jours jusqu'à ce qu'elle perde la raison… »
- « Et que lui est-il arrivé ? » coupa Julie, impatiente de connaitre l'issu.
- « Elle est morte évidemment. On a abrégé ses souffrances » dit-il le plus naturellement du monde.
- « Il y en a eu d'autres ? » insista Julie.
- « Quelques-unes n'ont pas accepté leurs sorts et ont disparu, elles aussi. »

Julie buvait les paroles d'Abdelkrim. Son avenir ne tenait qu'à un fil. Elle se devait de lutter. Tout était possible et aucune issue n'était certaine. Elle l'avait appris du sport. Chaque combat pouvait être victorieux. David avait battu Goliath, des personnes sortaient du coma après de nombreux mois et on retrouvait parfois, des femmes enlevées et séquestrées depuis des années. L'espoir faisait vivre ou plutôt survivre et ce combat, était le combat de sa jeune vie.

Abdelkrim se leva et marcha vers la porte quand Julie l'interpella.

- « Une dernière question ! »
- « Je vous écoute. Vous pouvez même en demander plusieurs » dit-il en souriant.
- « Il n'y a pas d'armoire dans cette chambre, pas de serviette, pas de savon, enfin rien quoi ! Qui m'apportera ce dont j'ai besoin ? » demanda-t-elle.

Abdelkrim sourit à nouveau et s'approcha du lit côté droit.

- « Vous n'avez pas bien regardé, mademoiselle » annonça-t-il en pressant sa main contre le contrefort latéral du sommier.

Des tiroirs camouflés sous le lit apparurent. Dans le premier se trouvait six pyjamas de rechange et des sous-vêtements à la taille de Julie. Dans le second, elle découvrit un nécessaire de toilette composé de shampoing et après shampoing de grandes marques, de gels douche ainsi qu'un savon, un gant de toilette à crin et des serviettes de bain neuves délicatement entreposées.

Abdelkrim fit le tour du lit et recommença sa manœuvre sur le côté gauche du contrefort. Deux autres tiroirs sur roulettes apparurent à leurs tours. Dans le premier, trois caftans aux couleurs vives était présentés l'un à côté de l'autre. Un rouge, un vert et un jaune. Du strass et des paillettes, des perles et des coutures travaillées les rendaient uniques. De la haute couture orientale ! Julie les regarda à peine. Dans le dernier tiroir se distinguait un nécessaire de maquillage, des bas neufs dans leurs emballages, trois ensembles soutien-gorge et string affriolant, un blanc, un noir et le dernier aux couleurs léopard. Deux porte-jarretelles complétaient l'inventaire.

- « Cela vous convient-il comme réponse ? » demanda Abdelkrim.
- « J'espère que l'eau est chaude ! » rétorqua Julie sans réfléchir.

Abdelkrim s'esclaffa en entendant cette remarque aussi inattendue qu'amusante.

- « J'ai bon espoir pour vous, Mademoiselle » lui dit-il.
- « Je dois malheureusement vous quitter et faire mon rapport au prince. Prenez une douche, lisez, reposez-vous. Je reviendrais rapidement et nous pourrons recommencer à bavarder. Réfléchissez aux questions que vous allez me poser ? » dit-il avant de s'extraire de la chambre.

La porte se referma. Julie la regarda un instant. Toujours affaiblie par la douleur pubienne, elle se dirigea vers la douche. Elle desserra le robinet d'eau chaude qui jaillit à travers un pommeau à gros diamètre. Elle tendit la main vers l'oued pour vérifier sa température qui tiédissait. Elle se rendit près du lit, empoigna shampoing, après shampoing, gel douche et gant de crin qu'elle jeta sur le lit. Elle se déshabilla totalement, balança ses vêtements à même le sol, chargea ses bras du butin précédemment expédié et se dirigea vers l'arroseuse d'où émanait à présent, une brume à couper au couteau. Julie régla le thermostat et s'installa sous le jet salutaire.

8

Julie était vautrée sur le sofa à bouquiner le chef d'œuvre de Paulo Coelho, l'Alchimiste. Une multitude de petits spots étaient disséminés dans le faux plafond et offraient à la pièce, une clarté impeccable. Le divan était confortable. Julie avait passé près d'une heure sous la douche. La peau fripée, elle se sentait presque propre. Coincée pour coincée, elle avait trouvé sur l'étagère de la bibliothèque, ce bouquin qu'elle avait lu quelques années auparavant.

La contre-visite d'Abdelkrim l'a sorti de sa lecture. Julie pris le temps de bien l'ausculter. L'homme était vêtu d'un costume noir impeccable sous lequel apparaissait une chemise blanche unie. Une simple cravate noire, également et des chaussures assorties complétaient sa tenue de travail. L'individu était assez petit, le visage basané flanqué d'une petite moustache fine et taillée. Ses cheveux étaient fort épais et légèrement crépus néanmoins bien agencés comme une haie de thuyas.

- « Bien, j'ai parlé de notre entretien avec mon prince et il parait fort satisfait » dit-il à peine entré.
- « Ah bon. Mais je n'ai encore rien fait ! » répondit Julie.
- « Certes. Cela dit, vous ne vous lamentez pas comme d'autres l'on fait avant vous ! » dit Abdelkrim.
- « J'y gagnerai quoi ? Allez-vous me libérer si je me plains ? Je pense connaitre la réponse ! Donc il n'y a pas beaucoup de solution, je vais faire ce que je peux » lança-t-elle fermement.
- « Je suis revenu pour vous. Que puis-je faire pour vous êtes agréable ? » demanda-t-il.

Julie n'en croyait pas ses oreilles. De la sollicitude, de la compassion, il fallait en profiter mais habilement !

- « Puis-je vous poser quelques questions ? » demanda-t-elle.
- « Mais bien entendu, je suis ici pour cela ! »
- « Tout d'abord, je trouve votre français remarquable sans accent. Où avez-vous appris ? » questionna-t-elle.
- « Vous vous intéressez à moi ? Vous êtes habile jeune dame ! » répondit-il avant d'enchainer.
- « Eh bien, je suis allez à la Sorbonne où mon maitre a étudié aussi. Vous savez mon père était le majordome de l'émir et de tradition, je le serai aussi. Nous avons eu la chance de connaitre Paris et le prince est tombé amoureux de cette ville et des françaises aussi »

- « Ah ! ce n'est pas de chance pour moi ! » lança Julie sarcastiquement.
- « Moi, je pense au contraire que c'est une chance. Vous auriez pu atterrir dans un lupanar ou pire encore… »
- « Oui, vous avez raison » s'empressa-t-elle de dire en hochant la tête de haut en bas.
- « Cet homme vous a acheté et croyez-moi, cela coûte vraiment très cher. Cette pratique est plus que courante voyez-vous, ici même les femmes nées sur nos terres vivent dans des harems. » argumenta-t-il.

Julie se leva et proposa à Abdelkrim de s'asseoir sur le sofa. Elle, s'allongea sur le ventre sur le lit en faisant face à son invité.

- « Mais pourquoi m'avoir excisé ? Vous vous rendez compte, c'est atroce ! » demanda-t-elle en se tenant à deux mains la tête.
- « Mademoiselle Julie, la réponse est dans la culture. Les filles sont excisées, les garçons circoncis, c'est comme ça ! Cela évite les rapports lesbiens dans le harem. Il y eut par le passé certains incidents dans des harems où des femmes en violaient d'autres comme dans une prison. Plus de clitoris, plus de libido ! Dites-vous bien que dans votre situation, c'est plus un bien qu'un mal et pour information, en Afrique, il excise le clitoris mais coupe aussi grandes lèvres et petites lèvres. »

Julie ingérait les paroles du précepteur, qui avait réponse à tout et le fixait du regard comme intriguée. Il ne devait pas imaginer la torture et la douleur que de perdre, en âge adulte, une partie de son corps aussi importante !

-   « Donc vous croyez tout ce que vous dites. C'est délirant ! Donc si tout va bien, je peux entrer dans le harem, c'est ça ! » interrogea-t-elle.
-   « Exactement ! Plus précisément, dès que vous tomberez enceinte. C'est ainsi que cela fonctionne. » répondit-il.
-   « Mais je ne sais pas si je peux avoir des enfants et si je ne pouvais pas ? »
-   « Rassurez-vous, nous savons ! Je suis même en mesure de vous dire à quelle date vous ovulerez ! » dit-il en riant.

Julie en resta sans voix. Elle regardait le petit homme s'esclaffer pour qui, tout paraissait normal.

-   « Quand votre prince va venir me voir ? » sonda Julie.
-   « Il faut d'abord que vous vous reposiez. Vous devez finir de cicatriser et vous préparer mentalement. Pour y arriver, vous devez vous mettre à l'esprit qu'il est votre mari et que tout est normal. »

Julie, perplexe, ne parvenait pas à se l'imaginer.

-   « Je vous assure que c'est pour vous la meilleure des options ! » poursuivit-il.

- « Vous avez l'air de bien me connaitre. Moi, j'ai besoin de faire du sport pour me vider la tête... »
- « Oui bien évidemment, tout a été prévu ! » dit-il en lui coupant la parole.
- « Comment ? » demanda Julie l'air interrogative.
- « Dans le harem, il y a une salle de fitness, un hammam, une bibliothèque, enfin tout ce dont vous pouvez avoir besoin. Je vous l'ai dit l'endroit est gigantesque. Il s'étend sur toute la surface du palais. Le maitre exige de ses femmes qu'elles gardent la ligne et qu'elles soient instruites »
- « Mais maintenant ? » demanda-t-elle.
- « Nous allons vous aménager une petite salle personnelle dans une chambre inoccupée. »

Julie parut satisfaite par la réponse. Plus aucune question ne lui venait à l'esprit alors que pendant la douche, elle en avait comptabilisé des dizaines. Abdelkrim se leva.

- « Nous nous revoyons ce soir. Je vous porterais votre diner vers dix-neuf heures. » lui dit-il.
- « Mais comment saurais-je l'heure ? Il n'y a pas d'horloge dans la chambre » lança Julie.
- « Justement, ma présence vous la donnera » dit-il ironiquement avant de sortir.

A peine faut-il sorti que d'innombrables questions réapparurent à son esprit. Julie s'en voulait de ne pas les avoir posées. Elle reprit place sur le sofa, attrapa le bouquin qui l'attendait et se remit à lire.

A dix-neuf heures pétantes, Abdelkrim réapparut dans la chambrée. Il apportait un plateau repas plus que chargé. Un gardien avait, semble-t-il, fermée la porte derrière lui. Il n'était donc pas seul ! Il posa le festin sur le bureau alors que Julie était étendue sur le lit. Elle s'étirait de tout son long puis se leva. Le précepteur ressortit, ce qui la surprit.

- « Attendez ! » cria-t-elle.

La porte se rouvrit quelques secondes plus tard. Abdelkrim réapparut. Il tenait dans les mains un vase duquel émergeaient quelques fleurs en plastique.

- « Il est difficile de trouver de vraies fleurs dans notre pays mais j'espère que celle-ci vous conviendront malgré tout » dit-il en posant le vase sur le bureau.

Julie les contempla un instant alors qu'elle venait de prendre place.

- « Merci pour les fleurs. J'ai d'autres questions mais je ne voudrais pas abuser ! » dit-elle.
- « Je vous écoute » répondit-il sobrement.
- « Combien y-a-t-il de femmes dans ce harem ? » demanda-t-elle en relevant la cloche qui surmontait son assiette.
- « Vous êtes la dixième femme à nous rejoindre » dit-il.
- « Et ce n'est que des françaises ? » enchérit-elle.

- « Ah non, vous n'êtes que la seconde ! Mais vous verrez cela bien assez tôt » répondit-il en coupant court le sujet.
- « Cependant, dès demain matin, vous pourrez utiliser la salle de sport que nous vous avons aménagé. »
- « C'est une super nouvelle, merci beaucoup. Demain matin ? » demanda Julie.
- « Oui après votre déjeuner, je viendrais vous chercher. On va vous trouver un jogging et des baskets, ne vous inquiétez pas ! Maintenant, je vais vous laisser diner tranquillement » répondit le précepteur avant d'à nouveau tourner les talons.
- « Non, non. S'il vous plait restez. J'en ai assez d'être toute seule, je vous en prie ! » implora Julie.

Abdelkrim s'arrêta brusquement. Il se dirigea vers le sofa où il prit place. Julie ne dinait pas.

- « Vous n'aimez pas ? » lui demanda Abdelkrim.
- « A vrai dire, je ne suis pas trop viande et celle-là a un drôle de goût, assez inhabituel » dit-elle.
- « C'est la viande du pays ! » dit-il en souriant.
- « Ah oui ! Elle provient de quel animal ? » questionna-t-elle en refermant la cloche.
- « C'est du chameau » lui dit-il toujours hilare.

Julie dégusta l'assiette de crudité dévolue initialement à être ingurgité en entrée puis savoura une délicieuse tarte aux pommes alors que son invité patientait sur le canapé.

- « Où habitiez-vous à Paris ? » demanda Julie la bouche pleine.
- « Chez le prince. Dans un hôtel particulier, propriété de la famille de l'émir » répondit-il.
- « Et vous y êtes resté combien de temps ? » insista-t-elle.
- « Deux ans. Pour parfaire nos connaissances. Avez-vous terminé votre repas ? » demanda-t-il.

Julie sentait qu'elle le mettait mal à l'aise avec son interrogatoire.

- « Oui monsieur Abdelkrim » répondit-elle sans rien ajouter.
- « Je vais devoir prendre congé de vous, Mademoiselle. Je vous souhaite une excellente nuit. J'ai encore bien des tâches à accomplir ce soir avant de rejoindre mes appartements mais je serais là demain matin pour vous accompagner dans votre salle de sport ».
- « Pardonnez-moi ! » lui dit Julie.
- « Mais de quoi ? » demanda-t-il.
- « Je vous retiens depuis tout à l'heure » dit-elle.
- « Qui retient l'autre ? C'est bien le minimum que je puisse faire ! » rétorqua-t-il avant de se lever.

A nouveau, il disparut de la chambre ayant pris soin au passage de débarrasser le bureau du plateau encore à demi plein.
Julie peina à s'endormir cette nuit-là et c'est, bien fatiguée, qu'elle aborda une nouvelle journée.

Elle commença par déjeuner. Du thé à la menthe, délicieux, accompagné de crêpes qui ressemblaient à des éponges nappées de miel du cru, d'un grand verre de jus d'oranges fraichement pressées ainsi que de deux œufs durs légèrement salés. Puis on l'invita à sortir pour la première fois de sa chambre. La porte se referma derrière elle alors qu'elle se trouvait dans le couloir extérieur. A quelques mètres, juste en face de sa prison blanche se trouvait une autre pièce. Une lucarne vitrée grande comme une feuille A quatre était encastrée dans la porte. On pouvait apercevoir la salle à travers. Julie se retourna pour observer la porte de sa propre chambre qui en était également pourvu. Le miroir n'était que le reflet d'une vitre sans teint. Elle pénétra dans la pièce, absolument identique à sa chambre, qui regorgeait d'appareil de fitness à la place du mobilier. Un vélo d'appartement ultra High Tech, un rameur et un steppeur comme machine ainsi que deux minuscules haltères l'attendaient. Un banc Weider se trouvait adossé au mur dans l'entrée. Dessus, Julie y trouvait un fuseau noir, un tee-shirt blanc, des baskets Nike ainsi qu'une serviette et une bouteille d'un litre et demi d'eau de source de marque arabe. Tout avait été pensé jusqu'au moindre détail. Julie rêvait de se faire mal en repoussant ses limites pour dégager le maximum d'endorphine. Elle espérait cette séance libératoire. Elle n'avait pas perdu l'espoir de s'évader de sa geôle à présent dorée cependant la seule évasion possible du moment était, une séance de fitness. Transpirer, sentir ses muscles se gorger d'acide lactique, suinter à grosses gouttes et s'écrouler pour fuir l'enfermement forcé !

La porte s'était refermée. Julie était à présent seule, livrée à elle-même. Elle enfila sa tenue. Enfin elle se sentait à l'aise dans des frusques plus habituel. Elle tenta de s'asseoir sur le vélo mais sa récente coupure pubienne l'en dissuada rapidement. Elle jeta son dévolu sur le steppeur et commença l'entrainement. Il lui fallait retrouver du souffle et de l'endurance. Les dernières semaines l'avaient affaibli au plus haut point. Julie savait que son salut passait par sa capacité à garder une attitude de sportive, un esprit de compétitrice, un moral de vainqueur. Il lui fallait reprendre du poids. Tant que la ligne d'arrivée n'était pas franchie rien n'était insurmontable. Une seule chose paraissait évidente, rien ne serait envisageable sans un minimum de forme physique. Alors qu'elle marchait à un rythme soutenu, tout en expirant bruyamment, elle réfléchissait à sa situation.

Comment sortir de cet enfermement dans un premier temps ? Comment transformer une peine à perpétuité en un affreux et malheureux souvenir ?

Trop peu d'information pour fomenter le moindre plan. L'esprit en ébullition, le corps ruisselant d'une sueur libératrice, Julie se régénéra. Le sport lui donnait le pouvoir de croire en sa réussite. Loin d'être résignée, elle se battrait pour dominer cette nouvelle forme de cancer et sa guérison serait sa liberté. Elle ne serait pas l'antépénultième maitresse d'un maniaque sexuel qui collectionne les âmes et les corps d'humaines comme on pourrait collectionner des timbres. Elle serait l'évadée d'Alcatraz et démantèlerait le réseau comme une héroïne des temps modernes.

Après plus d'une heure d'exercice, son corps lui suppliait clémence. Julie ne désirait pas s'arrêter et s'entêtait malgré l'arrivée de crampes. Renoncer serait un aveu de faiblesse et surtout synonyme d'un retour en chambre qu'elle souhaitait éviter. La bouteille d'eau était gorgée d'air et le gosier de la belle s'asséchait. Elle frappa à la porte. Un gardien qu'elle n'avait encore jamais vu, déverrouilla l'issue.

- « Pourrais-je avoir une autre bouteille d'eau » demanda Julie.
- « Slon ! » entendit-elle comme réponse.

La sentinelle ne parlait que son dialecte et la belle le dévisagea sceptiquement. Elle prit la bouteille vide qu'elle lui tendit.

- « Ma ! » dit le gardien avant de refermer la battante.

Julie leva la tête vers le plafond comme pour chercher l'inspiration qu'elle trouva rapidement. Il semblait évident qu'elle devait apprendre la langue locale. Il fallait qu'elle puisse convaincre Abdelkrim de lui fournir des livres d'apprentissage d'arabe afin qu'elle en maitrise le dialecte. Cela devait être la première étape.

Sans communication à l'extérieur, elle n'aurait aucune chance. Elle devait être en forme physique et pouvoir communiquer. A présent, fort de ses nouveaux objectifs, Julie concentrerait son énergie dessus et accepterait l'intolérable jusqu'à ce qu'elle trouve le défaut de la cuirasse.

9

Durant deux semaines, Julie enchainait entrainement
quotidien et lecture sans discontinuer. Elle avait obtenu
d'Abdelkrim un dictionnaire arabo français et un cahier
d'apprentissage de la langue arabe incluant de petits exercices
identiques à ceux qu'on donne aux enfants en classe primaire.
Une énergie nouvelle avait pris place dans son corps et son
esprit, laissant sur le bitume, l'âme abattue. L'allure, redevenue
sportive, les traits saillants de la compétitrice avaient supplanté
le corps décharné arborée en arrivant au palais. La guerrière se
préparait au combat. Elle se fixait comme unique objectif, la
liberté.
Abdelkrim, lui rendait quotidiennement visite. Une relation
amicale s'était instaurée dès le premier jour entre eux.

Alors qu'elle lisait un ouvrage sur les grands penseurs
musulmans, étendue à plat ventre sur son lit soyeux, la porte de
sa chambre se déverrouilla. L'heure était inhabituelle pour une

visite de courtoisie du précepteur. Ce dernier, la mine sérieuse, les bras chargés d'une immense boite en carton fin de couleur rouge métallique, entra dans la pièce. Julie releva le menton, abaissa l'ouvrage et fixa le regard de l'entrant.

- « Bonsoir Mademoiselle Julie. » enchaina Abdelkrim.

Julie lui sourit avant que ce dernier n'enchaîne.

- « Voilà, le prince vous demande de vous préparer. Ce soir vous êtes son invité. Vous dinerez en sa compagnie et passerez une partie de la soirée avec lui dans la suite royale de ce niveau » dit-il solennellement.

Julie hocha de la tête comme pour acquiescer. Elle expira bruyamment.

- « On savait que cela arriverait Monsieur Abdelkrim. Ne vous inquiétez pas cela va bien se passer. Je suis prête » lança-t-elle pleine de fausses assurances.

Abdelkrim esquissa un rictus à son tour. Nul doute qu'il appréciait la réponse ! Il inclina la tête comme révérencieux et déposa sur le sofa, le carton.

- « Ce sont vos vêtements de soirée. Le prince les a choisis pour vous. Je vous souhaite la meilleure des soirées mademoiselle »
- « Attendez ! Je m'habille tout de suite ? » interrogea-t-elle.

- « Non, prenez votre douche, faite vous belle pour lui. Pas trop de maquillage, il n'en est guère friand. Je viendrais vous chercher pour diner d'ici une heure » lui répondit-il.

Le majordome sortit sans se retourner. Julie se leva de sa couche et s'approcha du grand carton rouge qu'elle regardait avec intensité. L'œil était déterminé. Elle avait bien conscience qu'il lui faudrait obéir à toutes les demandes, même salace, de son nouveau maitre. Elle soupirait à nouveau, bruyamment, inspirait et à nouveau expirait comme pour se donner du courage.
Elle déballa le présent.

Une robe de soirée grise très contemporaine se dressait devant elle. Des escarpins argentés du meilleur goût allait agrémenter la tenue. Dans une pochette, à proximité des escarpins se trouvait un épilateur sans fil. Julie aurait apprécié de pouvoir revêtir une si belle tenue occidentale en d'autres temps.
Qu'aurait penser ses amies en la voyant ainsi parée ?
De grand et fort rire se serait fait entendre. Probable que Samia ait apprécié. La lusitanienne se serait fait un plaisir de la chambrer par jalousie inavouée.

Julie se dirigea vers la douche qui se mit à couler. Elle étala la robe sur le lit qu'elle contemplait avec beaucoup d'attention. Elle se déshabilla, prit la pochette, en sortit l'épilateur qu'elle mit en fonctionnement. Elle le passa sur ses frêles mollets qui bientôt luisaient. Puis elle entreprit de chasser les poils naissant sur son pubis affligé comme de tradition dans cette partie du monde. Personne ne lui avait demandé, aucune recommandation n'avait été émise mais Julie, en combattante, s'était promis de tout faire pour se donner une chance de fuir. Cela était son moteur. Il faudrait exploiter la moindre opportunité et pour se créer des opportunités. Il allait falloir se trouver dans les petits papiers de tous ses hôtes.

Elle tressauta dès le premier roulement. Cette douleur jusqu'alors inconnue, du rasage pubien la découragea en premier lieu.

Avec courage, elle refit un essai pour la même sanction. Pourquoi n'avait-il pas mis de rasoir dans le pack ?

Elle renonça.

Elle se dirigea vers la douche qui attendrit sa peau.

La tête penchée en arrière, les yeux fermés, l'eau chaude ruisselant sur son visage et dégoulinant sur sa peau, Julie s'abandonnait. Elle imaginait le visage de son cher père, ressentait la peau chaude et moite de sa mère l'étreignant. Des larmes ruisselaient de ses yeux sur son visage déjà inondé par le jet du pommeau.

En sortant, elle emballa sa crinière trempée dans une serviette de bain et enfila un peignoir. Assise sur le rebord du lit, elle empoigna l'épilateur qu'elle regardait avec détermination. Elle entrouvrit les cuisses, serra la mâchoire et subit le supplice d'une épilation intime en poussant de petits cris. L'entrecuisse en feu, elle ôta son peignoir d'un coup et couru vers la douche se rafraichir avec de l'eau froide projetée par le jet puissant. Après quelques instants, elle sécha ses cheveux, parfuma son corps, enfila la robe et les escarpins qu'elle ajusta. La belle ressemblait enfin à une femme du monde. Julie se contempla sur le miroir. Elle semblait être une autre. Elle était une belle inconnue. Elle sortit du tiroir son nécessaire à maquillage qu'elle appliqua sans exagération. Puis dans l'attente de la venue d'Abdelkrim, repris sa lecture, assise sur le sofa de sa chambre.

Lorsque le précepteur entra à nouveau dans la pièce, il haussa les sourcils. Les yeux écarquillés, il peina à reconnaitre la jeune femme.

- « Mademoiselle Julie, vous êtes d'une incroyable beauté ce soir » lui dit-il.

Julie sourit et accepta le compliment.

- « Mon maitre a bien de la chance » enchérit-il avant de l'inviter à le suivre.

Abdelkrim était accompagné par un sbire en uniforme traditionnel et par une vieille femme enturbannée qui dévisageait la jeune femme avec insistance. La porte de la chambre franchit, l'équipée suivit un long couloir. Au bout de celui-ci, une porte majestueuse s'entrouvrit à leur arrivée. Julie entrait dans le sous-sol du palais. Le couloir large et long semblait infini. Des lustres dorés éclairaient avec une faible intensité l'immense volume. L'ambiance feutrée rendait encore plus mystérieuse la rencontre du prince et de sa belle captive. Abdelkrim ouvrait la marche, suivi par Julie encadrée par la vieille dame et le sbire fermant la marche. Un tapis rouge frangé de cornières dorées délimitait la trace. A mesure qu'elle avançait, Julie apercevait de magistrales portes derrière lesquels se trouvaient à coups surs d'autres mystères. Après quelques instants, la troupe s'arrêta face à une double porte en bois travaillé, orné d'or.

- « Bien, c'est ici ! Bonne chance Mademoiselle » lança Abdelkrim.

Le sbire ouvrit la porte et invita Julie à pénétrer les lieux puis il clôtura l'enceinte.
La pièce paraissait vaste, comme une réplique de suite présidentielle de palaces continentaux. Le sol était marbré. Une salle à manger contemporaine s'affichait. Deux chaises paradaient autour d'une table céleste. Le lieu paraissait irréel dans cette partie du monde. Un miroir gigantesque faisait face à la table. Julie observait son reflet.

Elle se motivait en serrant le poing. Son cœur battait la chamade. La bête allait rencontrer son propriétaire. L'esclave face à son maitre. La vie ou la mort !

La porte de la suite s'ouvrit en crissonnant. Abdelkrim entra et annonça.
« Veuillez accueillir votre prince ».

L'homme entra. Julie écarquillait les yeux.
Il avait un teint hâlé, était rasé de près, de taille moyenne, aux alentours d'un mètre soixante-dix, environ trente-cinq ans, une corpulence équilibrée, des cheveux bruns épais plaqués par un gel puissant, les yeux noirs surmontés de sourcils légèrement épilés, les mains manucurées et le poignet, enjolivé, par une

montre en or de chez Chaumet. Le prince affichait un costume de grand couturier, chemise blanche en soie et cravate brodée maintenue par une barrette en or et diamant.
Il sourit en apercevant Julie. Un sourire ultra brite, d'une blancheur éclatante. Julie respira. Malgré la tension, il y avait eu comme un apaisement en elle dès l'entrée du prince.

-   « Bonsoir Mademoiselle » lança-t-il en s'approchant.
-   « Bonsoir mon prince » se risqua Julie révérencieuse.
-   « Relevez votre tête, ma chère ! Point besoin de révérence, entre nous. »

Le prince fit signe à Abdelkrim en levant la main et pointant le doigt vers le plafond dans un geste tourbillonnant, d'enchainer. Ce dernier ressortit de la suite et le prince s'approcha de Julie.

-   « Bien, je souhaiterai que vous m'appeliez par mon prénom qui est Nasser. Est-ce que cela est possible pour vous ? » demandait le prince à Julie.
-   « Oui, je vais essayer » répondit-elle, les yeux fixés vers le sol.
-   « Peut-être voudriez-vous me regarder jeune dame, je ne vais pas vous faire de mal ! » lança le prince, amusé.
-   « Pardonné moi. C'est que j'ai un peu peur ! » répondit Julie.
-   « N'ayez pas peur, nous sommes ici pour faire connaissance. Je ne suis pas un bourreau ni un violeur. Passons une agréable soirée si vous le voulez bien ? » dit-il sereinement.

Julie releva la tête et dévisagea un court instant le prince. L'homme parlait un français sans accent ce qui troublait la jeune femme. Elle esquissa même un sourire en observant le visage de son ravisseur. Il paraissait extrêmement sûr de lui. Julie avait questionné Abdelkrim au sujet du prince mais ce dernier avait reçu comme consigne par son maitre de ne rien dévoiler à son sujet. Du coup, elle s'était imaginée que l'homme était ventripotent, moustachu, affublé de la dishdash traditionnel et du célèbre keffieh rouge maintenu par l'agal. Jamais, elle ne l'avait imaginé jeune et moderne, presque occidental, presque acceptable.

- « Voulez-vous, vous donner la peine de vous asseoir mademoiselle Julie ? » demanda le prince.
- « Mais avec plaisir » rétorqua-t-elle en souriant faussement.

Julie en oublia presque, un instant, sa condition de détenue. L'homme était attentionné. Il s'approcha de la belle et tira la chaise en l'invitant à s'asseoir. Julie passa près du prince et s'assit alors que l'homme huma discrètement le parfum de la jeune femme en fermant les yeux. Il reprit vite ses esprits et se rendit de l'autre côté de la table, prendre place, face à elle.

- « Bien ! Dinons maintenant » dit-il en agitant une petite clochette.

La porte de la suite s'ouvrit et Abdelkrim entra, poussant un chariot en inox sur lequel, deux écuelles recouvertes d'un couvre plat, siégeaient. Le majordome posa les deux assiettes face à eux en commençant par Julie puis revint vers elle, lever le couvre plat, laissant apparaitre une salade composée.

Julie parut surprise par ce met inattendu. Salade verte, concombre, tomate, radis, quelques crevettes, des lamelles de saumons fumés et persils dans une assiette en porcelaine pour commencer la soirée. Le nœud à l'estomac qu'elle avait eu en arrivant dans la pièce avait disparu et laissé place à un appétit d'ogresse. Le prince prit sa fourchette et lança les hostilités, bientôt suivi par Julie qui dévora sans mot dire. Le prince Nasser s'arrêta un court instant, amusé, pour observer sa captive puis reprit son diner.

- « Vous savez, je suis un grand amoureux de la France » lança-t-il.

Julie ne répondit pas et continuait sa dégustation.

- « J'y ai beaucoup d'amis » insista-t-il.
- « Abdelkrim m'a dit que vous y avez fait vos études ! » dit Julie.
- « Oui c'est exact ! J'y vais d'ailleurs très régulièrement. Nous avons un hôtel particulier en plus du consulat » lança-t-il.
- « Et vous allez m'y emmener ? » tenta Julie.
- « Hahahahhah… » rigola le prince, manquant de s'étouffer avec un bout de salade.
- « Vous êtes aussi drôle qu'inattendue Mademoiselle » dit le prince ayant repris son souffle.
- « L'espoir fait vivre » dit-elle, un brin déçu.

- « Entre nous Mademoiselle, je n'avais pas prévu de vous… faire venir » dit le prince d'un ton sérieux.
- « Pourquoi l'avoir fait alors ? » questionna Julie.
- « Eh bien, on m'a fait passer un catalogue de captives et quand je vous ai vu, je me suis juste dit que je ne pouvais pas vous laisser partir dans un endroit sordide. Vous me rappeliez mon premier amour secret lorsque j'étais à la Sorbonne donc j'ai pris l'enchère. »
- « Vous êtes donc mon sauveur » lança-t-elle ironiquement.

Le prince se figea. Julie comprit qu'elle l'avait vexé et, tenta de sauver la situation.

- « Vous savez en Afrique, on a été torturé. J'ai vu une fille être décapitée devant mes yeux… »
- « Je connais en effet la cruauté barbare de ces ignares. J'ai entendu moult histoires à leurs sujets » dit le prince le ton grave.
- « Que puis-je faire pour vous servir Monsieur Nasser ? » dit Julie un peu embarrassée.

Le prince se remit à rire à gorge déployé.

- « Vous êtes drôle. Et très belle aussi ! » dit-il avant d'enchainer.
- « Dite Nasser, simplement, j'apprécierai » demanda-t-il.

Julie ne répondit pas.

- « Nasser » exigea-t-il en fixant les yeux de la belle.
- « Ok Nasser si vous le voulez » dit Julie.
- « Ben voilà. Ce n'était pas si difficile » dit le prince, satisfait.

Le tortionnaire était habile. Julie troquait sa méprise initiale pour lui contre une empathie nouvelle. Le diner se poursuivit. Entre anecdotes et confessions, la soirée avança. L'homme était charmant, attirant et le supplice imaginé, ne serait peut-être que plus superficiel.
Après le dessert, le prince prit congé de la belle qui, fut étonnée de l'issue.

- « Vous n'allez pas me faire l'amour ? » questionna-t-elle maladroitement, déclenchant à nouveau l'hilarité du prince.
- « Nous faisons connaissance, n'est-ce pas. Pourquoi ? le voulez-vous ? » demanda-t-il.
- « Non, enfin je ne sais pas ! Je croyais que… »
- « Prenez votre temps. Je ne suis pas un violeur sadique. Nous nous reverrons prochainement. » dit-il avant de raccompagner Julie à l'entrée où l'attendait le sbire de garde.
- « Merci pour cette très jolie soirée Nasser » dit Julie rougissante.

Le prince agréa et la porte se referma derrière elle.

10

Trois mois plus tard.

La nuit avait été agitée. Julie avait gigoté dans tous les sens. Le lit était sans dessus de dessous. La couette avait valdingué sur le sol. Le traversin était blotti contre elle comme un amant. Julie était recroquevillée. Son front luisant laissait apparaitre quelques gouttes aux niveaux de ses tempes. Elle se sentait nauséeuse. Sa tête virevoltait et des vertiges l'étreignaient. Mal en point, elle tenta de s'asseoir sur le rebord du lit. A peine redressée, elle sentit naître au creux de son estomac un désordre inacceptable. Subitement, elle se leva et courra dans la douche vomir. Le diner de la veille ressorti par le même endroit d'où il était entré cependant d'une manière beaucoup moins agréable. Julie se vidangeait. Entre chaque régurgitation, la belle devenue moins belle tentait de reprendre son souffle. Ses yeux s'engluaient de larmes. De la bave s'écoulait de sa bouche après chaque essorage. Durant trente minutes, Julie se vida, au point qu'à son dernier dégorgement, plus rien ne sorte que de l'air.

Julie ne voyait plus le prince depuis un certain temps. Elle espérait ne pas l'avoir lassé ! Il y avait toujours ce couperet au-dessus de sa tête. Julie tentait de passer le temps entre fitness et lecture, toujours sans plan mais avec la ferme intention de décamper. Elle avait franchi le pas avec le prince dès le deuxième rendez-vous. Le séducteur l'avait conquise, enfin le croyait-il. Elle savait qu'elle jouait une partie d'échec et que sa vie en dépendait. Le fait d'être désirée par un homme de cette qualité, lui rendait plus simple leur coït. La réalité avait dépassé la fiction ou l'imaginaire, même le plus audacieux. Elle était la chose d'un prince. Elle, l'insoumise, la combattante, la sportive que rien n'effrayait. Elle lui appartenait telle une esclave des temps modernes. Plus aucun de ses actes n'étaient anodins.

L'homme avait droit de cuissage, droit de vie et de mort. Elle, avait droit d'obéissance ! L'enjeu était la survie et l'espoir. Tant qu'il y avait de la vie rien n'était perdu pensait elle. Le prince abusait de son intimité et Julie y trouvait un certain plaisir presque dérangeant. Elle n'était pas clitoridienne. L'ablation traumatisante ne bouleversait pas sa libido. Elle n'était pas prête à pardonner la cruauté sauvage et se sentait écharpée. On lui avait volé une partie d'elle.

Le prince se montrait amical et attentionné. Julie ne le percevait plus comme un esclavagiste mais plutôt comme un amant de passage. Cela rendait leurs rapports, acceptable. Elle s'inventait des films et leurs rendez-vous l'extirpaient de sa réalité de détenue. A l'inverse des condamnées, elle se savait innocente et ne connaissait pas la durée de sa peine même si elle savait le risque perpétuel.

Le prince aimait lui faire l'amour. La peau blanche de Julie, ses cheveux clairs tranchaient avec la teinte châtaigne du maitre des lieux. Un exotisme qui lui rappelait ses années d'étudiant parisien et qui l'éloignait temporairement des contraintes du protocole hérité.

Nasser était le premier de sa lignée et par conséquent, il se savait prisonnier d'une fonction filière. Eduqué pour régner, lui aussi était prisonnier d'un destin qu'il n'avait pas choisi. Julie espérait un geste du prince qu'elle sentait humain. Elle donnait dans l'espoir de recevoir sans aucune certitude !

La porte s'ouvrit alors que Julie à genoux, prostrée aux pieds de son lit, les yeux exorbités, tentait de reprendre son souffle. Abdelkrim entra. Julie leva les yeux sans bouger. L'air désorienté, elle appelait à l'aide sans mot dire. Le précepteur sourit. Julie grimaça. Elle hocha la tête de droite à gauche et de gauche à droite en signe d'incompréhension toujours en position soumise. Abdelkrim sortit quelques secondes de la chambre. Julie l'entendit ordonner à un subalterne sans comprendre. Le majordome réapparu.

- « Je vais vous aider à vous redresser » dit-il.
- « Non, laisser moi à terre. C'est ici que je me sens mieux » répondit Julie.
- « Vous allez attraper froid mademoiselle. Mieux vaut-il vous étendre sur le lit qu'être malade ! » insista-t-il.

- « Mais je n'arrête pas de dégueuler. Ce n'est pas ça être malade ? Envoyez-moi un médecin avant que je meure ! » ironisa-t-elle.
- « Je l'ai fait chercher, pas d'inquiétude ! Avez-vous fait vos besoins ce matin ? » questionna-t-il.

Julie fut extrêmement surprise par la question. Ses yeux se fixèrent dans le vide et elle ne répondit pas. Le majordome se dirigea vers le bureau où se trouvait une bouteille d'eau et remplit un verre qu'il apporta à Julie. Celle-ci le prit et l'ingurgita d'un trait, toujours assise au sol. On frappa à la porte. Abdelkrim s'y rendit et revint, seul.

- « Mademoiselle, je vais vous envoyer le médecin. Toutefois, auparavant, veuillez uriner sur ce petit test de dépistage » demanda-t-il.
- « Vous croyez que je suis enceinte ? » demanda Julie incrédule.
- « Cela y ressemble Mademoiselle ! » répondit-il.
- « Mon dieu ! » soupira la jeune femme, angoissée par cette perspective.

Elle prit son courage à deux mains, se redressa d'un coup et se dirigea vers les toilettes. Pas évident d'uriner sur un bâtonnet debout quand on vient de se vider les entrailles ! Après quelques secondes, elle revint et tendit le test à Abdelkrim qui le prit d'une main légère. Il fixait la lucarne indicatrice sur son embase qui laissa apparaitre rapidement deux traits bleus parallèle. Le visage du précepteur changea. Un rictus significatif puis un sourire traduisait sa satisfaction. Julie avait compris.

- « Oui Mademoiselle. Vous êtes bien enceinte. Le prince va être ravi » lança-t-il.

Julie courba l'échine à nouveau. Le ciel venait de lui tomber sur la tête. Elle savait ce passage presque obligé pour continuer à survivre dans la maison du prince mais sentir qu'elle allait donner la vie l'abattait. Il y a encore peu, elle se préservait sans petit ami. Obnubilée par la réussite de ses études, des projets plein la tête, loin de l'idée d'être parent !
D'ailleurs comment accepter d'être parent en étant captive ?

Le majordome avait fui laissant la malheureuse, prostrée comme paralysée par une nouvelle qui l'effrayait. Julie fixait le sol. Un petit spasme sur sa paupière droite traduisait de l'intensité du moment. Tous ses muscles s'étaient raidis. Elle haletait et essayait de recouvrer son calme. Une main chaude et ferme se posa sur son épaule droite.

- « Mademoiselle, je vous en prie, veuillez-vous calmer » ordonna Abdelkrim.

Julie revint à elle. Elle obtempéra et reprit sa place dans le lit. Le majordome ramassa la draperie éparpillée sur le sol et borda la jeune femme comme un père. On frappa à la porte, qui s'ouvrit.

- « Voici notre médecin Mademoiselle Julie. Je vous laisse, il va vous examiner » dit Abdelkrim avant de quitter la pièce.

L'homme était de petite taille, une fine moustache et le teint presque hindou qui tranchait avec des dents blanches presque immaculées. Il portait le keffieh traditionnel et la chemise longue blanche. Ses mains étaient toutes petites et fines.
Le médecin prit la tension de Julie puis écouta sa poitrine à l'aide de son stéthoscope. Après quelques secondes, il frappa dans ses mains et la porte de la chambre s'ouvrit à nouveau. Un sbire musculeux poussait un chariot sur lequel se trouvait un équipement médical de pointe. Un appareil d'échographie dernier cri ! Le médecin prit le relais du sbire et installa l'attelage près du lit de l'infortunée.

- « Veuillez relever votre chemise » demanda-t-il à Julie, après que le sbire eut quitté la chambre.

Julie releva sa chemise de nuit jusqu'à ses seins.

- « Baissez votre culotte » demanda le toubib.

Elle obéit.

- « Non pas entièrement » réagit le docteur.

Cela amusa Julie qui remontait son slip et se couvrait la moitié du pubis.

La machine était en marche. Le docteur aspergea de lubrifiant le ventre de la jeune femme qui réagissait sous la froideur du contenu. Avec le sondeur, l'inspection débuta. Difficile de déchiffrer quoi que ce soit pour Julie, qui scrutait l'intérieur de son abdomen à la recherche d'indice sur une quelconque présence d'alien.

- « Vous voyez ce petit point noir qui bouge » demanda le toubib.
- « Oui » répondit Julie à demi convaincue.
- « C'est le cœur de votre enfant » asséna-t-il sans ménagement.
- « Le cœur ? » dit incrédule la jeune femme.
- « Oui et là, c'est son abdomen. Ici, on peut voir ses jambes… »
- « Il a déjà des jambes ? » questionna Julie bouleversée.
- « Oui, là, on voit ses bras. Les petites mains en formation. Tout à l'air bien en place mais il est trop tôt pour dire il ou elle !» dit le médecin, confiant.

Julie scrutait l'écran pendant que le docteur continuait son investigation. Un petit être peuplait son corps. Elle ne savait pas trop comment réagir.
Aurait-elle la fibre maternelle ?

- « D'après mes mesures, vous semblez être enceinte de cinq semaines, félicitation ! » lança le médecin, extirpant de ses songes la fécondé.
- « Et maintenant, on fait quoi ? » interrogea-t-elle.

- « Je suis le docteur. Je vais vous suivre et probablement vous accoucher. Pour le reste, il y a des gens au service du prince. Voyez avec eux » lança-t-il froidement avant d'éteindre la machine.

Le docteur attrapa quelques feuilles de sopalin qu'il tendit à Julie pour qu'elle s'essuie le ventre devenu gélatineux. La jeune femme s'en empara et se nettoya tout en fixant ardemment le médecin. Ce dernier détourna le regard presque gêné par l'opiniâtreté de l'ingénue. Il débrancha l'appareil et le poussa lui-même vers l'exutoire. Il prit congé sans même saluer Julie, presque désabusé par le déroulement de l'examen. Julie le regarda s'enfuir lâchement, plaqua ses deux mains sur ses yeux et fondit en larmes.

11

Une vieille femme, portant l'hijab, se tenait immobile devant le lit de Julie. Le visage recouvert d'une simple étoffe en soie noire, elle patientait. Julie s'était assoupie. Une odeur nauséabonde émanait de la pièce. La vieille femme restait stoïque. Julie se trouvait étendue sur le ventre. Des gaz prenaient la fuite de son derrière maigrichon dans un vacarme surprenant. Plongée aux creux des bras de Morphée, elle s'évadait temporairement. Pendant qu'elle rêvait, elle n'était plus la captive de personne. Elle pouvait rendre visite à sa famille, à ses amies et jouir de la liberté en toute impunité comme auparavant.

Soudainement, elle ouvrit grand les prunelles en tressautant. Un bref cri accompagnant le spasme avait brisé la sérénité de la vieille dame à proximité. Julie faisait un cauchemar récurent depuis un certain temps. Elle était convoquée par Nasser pour un rendez-vous par l'intermédiaire du doucereux Abdelkrim.

En survenant sur les lieux, point de prince mais le terrifiant tortionnaire africain, seul. La machette à la main, l'œil étincelant, un sourire machiavélique, toujours vêtu de ses habits militaires, l'homme exigeait que Julie se déshabille entièrement. Puis suivait le rituel angoissant du monstre tapotant le plat de sa machette sur le plat de sa main dans un tempo toujours aussi synchronisé, tout en dévisageant la belle en tenue d'Eve. La mâchoire de Julie se crispait, tandis que l'Africain conspuait sa marchandise trop livide à son goût. L'homme prit d'un excès de folie brandissait son sabre et le cauchemar prenait fin, par le réveil instantané de la pauvre affolée.

La mort pouvait être une délivrance en dernier recours. Julie commençait à l'envisager. Cela paraissait inadéquat avec sa condition nouvelle de porteuse de vie toutefois cela pouvait être une solution. Captive depuis plus de trois mois, qui lui semblait objectivement être plus de trois ans, la jeune femme commençait à oublier certain faciès de son entourage. Comme si l'esprit balayait le visage de ses proches pour la remobiliser. Julie bataillait pour conserver l'image originale et cela, lui exigeait une concentration très appuyée. Oublier serait perdre foi en soi, oublier condamnerai à accepter l'inacceptable, oublier serait le commencement d'une autre vie, sans avenir ni autre but que servir !

La vieille dame posa ses mains sur le front luminescent de Julie. Prisonnière de ses songes, les yeux dans le vide astral fixant un point indéfini, la jeune femme respirait par très petites bouffées. Entre temps, la séculaire avait pris le temps d'imbiber une serviette d'eau froide, qu'elle apposa sur le crâne tumescent de la prégnante nouvelle. Julie revint à elle.

- « Mais qu'est-ce que vous faites là ? » interrogea-t-elle.

La vieille femme porta son index droit vers ses lèvres en guise de réponse, exigeant le silence. Puis elle ôta la serviette du front de la captive, qu'elle posa sur le guéridon à proximité.

- « Habillez-vous ! » demanda-t-elle en tendant à Julie de nouveaux vêtements traditionnels.
- « Pourquoi ? Ou allons-nous ? » interrogea la jeune femme suspicieuse.
- « Je m'occupe des femmes du harem. Je suis ici pour · vous y emmener, à la demande du prince Nasser » rétorqua immuablement la vieille dame.
- « Là, maintenant ? On va dans le harem !!! »
- « Vous y serez mieux qu'ici Mademoiselle » coupa la préceptrice.

Julie apposa ses deux mains sur son visage entre son nez et sa bouche comme pour mieux réfléchir. Puis devant l'étonnement de la vieille, elle se hâta dans sa préparation. Elle se para d'un caftan très luxueux. La robe, jaune bouton d'or était ennobli de multitudes de broderies en argent qui elles-mêmes étaient incrustées de perles et pierres brillantes. Une ceinture du même acabit marquait la taille. L'Abaya tombait jusqu'aux pieds. Les manches en mousseline transparente jaune étaient embellies en leurs extrémités par une broderie argentée. Julie portait des babouches dorées en guise de souliers.

La gouvernante la fit asseoir. Elle enserra un peigne et brossa la tignasse de la jeune femme fermement.

- « Pourquoi s'habiller de la sorte pour entrer dans le harem ? » demanda innocemment Julie à sa tutrice.
- « Vous devez marquer les esprits en entrant. Si le prince vous a prise, c'est qu'il y a une bonne raison. » rétorqua la gouvernante.
- « J'avoue ne pas comprendre » répondit Julie.
- « Il faut que les autres filles vous respectent et pour ça, cela passe par une certaine image de vous... »
- « Je ne comprends toujours pas !!! » lança Julie en interrompant la vieille dame qui commençait à s'agacer.
- « En fait, le danger pour une nouvelle, c'est d'être trop commune ! Vous voyez si vous êtes mieux qu'elles ou qu'elles le pensent, elles comprendront le choix du prince de vous avoir prise. »
- « ahhh » balbutia Julie avant que la préceptrice n'enchaine.
- « Dans ce cas, vous serez admise. Peut-être un peu jalousée mais elles vous accepteront »
- « Et c'est déjà arrivé qu'une femme ne soit pas acceptée ? » interrogea Julie.
- « Oui malheureusement » répondit la vieille servante.
- « Et qu'est ce qui s'est passée ? » questionna Julie, inquiète.
- « Avec le prince Nasser, une seule fois, nous nous sommes trompés. La fille a été revendue à des nomades. Nous n'en avons jamais plus entendu parler » dit-elle le ton grave.

- « Mais son bébé ? » demanda Julie, effrayée par le dénouement.
- « Il est ici avec nous. Il a bien grandi. C'est un bon petit qui va rentrer au service de son père dans la garde royale. Ne vous inquiétez pas pour les enfants, ils ont pour nous une importance fondamentale » répondit la vieille dame dans une apathie très british.

La gouvernante se leva. Elle ausculta le visage de Julie. Elle apparut satisfaite et lui demanda de se redresser à son tour. Julie obtempéra.

- « Vous n'avez rien à craindre Mademoiselle, vous êtes somptueuse » lança-t-elle.

Julie esquissa un sourire timide. La vieille dame s'approcha et la grima légèrement. Julie se laissait faire comme si sa mère la maquillait. Elle qui aimait tant la simplicité, se trouvait aujourd'hui affublée de vêtements élégants assez inconfortable, fardée pour paraitre une autre qu'elle-même et vivante dans l'unique but de servir un homme inconnu. La gouvernante se dirigea vers la porte de la chambre et toqua deux fois. La battante s'entrouvrit.

- « Veuillez me suivre » exigea la vieille dame.

Le cœur de Julie s'accéléra. La belle resta figée un instant. Un frisson lui parcourut le corps. Une angoisse bien légitime l'étreignait. Elle s'était habituée à son lieu d'enfermement. On lui avait beaucoup parlé du harem et elle se l'était mille fois imaginée. A présent point de recul possible, on y était !

La gouvernante paraissait étonnée de l'hésitation de la jeune femme. Elle s'approcha de Julie, lui prit la main et l'entraina dans son sillage. Dans le couloir, deux sbires les encadraient. L'éclairage était toujours modéré. La première porte passée, la troupe arpentait le long corridor. Les plafonds semblaient démesurément hauts comme dans une cathédrale alors qu'elle se savait être au sous-sol du palais. Elle passait à nouveau devant les portes majestueuses et mystérieuses comme pour rejoindre la suite princière. Le couloir, large de six mètres sur la longueur prenait fin quelques mètres après la suite. Une double porte, haute de plus de trois mètres était gardée par deux hommes en uniforme de la garde royale. Des inscriptions en arabe étaient gravées sur chaque porte et recouvertes d'or fin. Chacun des gardes surveillaient un des accès, maintenant une position fixe presque aux gardes à vous. Deux colosses, d'un quintal, moustachus, le regard invariable comme rempart à toute invasion ou évasion !
La vieille dame fit signe pour qu'on lui ouvre. Le garde de droite débloqua le verrou et la porte s'ouvrit. Un faisceau de lumière vive s'engouffra par la brèche ce qui tranchait avec la discrétion du corridor. Les yeux de Julie s'écarquillaient tandis que les battements de son cœur s'intensifiaient. La gouvernante pénétra dans l'enceinte la première invitant Julie à la suivre. Les deux sbires, en repli, condamnait toute fuite de la belle, qui emboitait le pas.

- « Pas d'homme ici ! » lança la vieille dame alors que Julie se retournait vers la lourde.
- « Même le prince ne rentre pas ici ! Seul le médecin peut venir en cas de coup dur mais c'est extrêmement rare » insista-t-elle.

Julie observa. L'illumination était quasiment aveuglante à l'instar des projecteurs de stade irradiant un terrain de football dans la pénombre. Le sol était marbré de faïences ivoirines parsemées de fresques octogonales et frangé de tapis perses de grandes surfaces. Il fallut un instant à Julie pour s'accommoder de ce nouvel éclat. Les iris durent trouver de nouveaux réglages plus appropriés. Julie distingua son nouvel environnement. Cette première pièce semblait, aussi grande qu'une gare vide.

La vieille dame avançait vers une voute persienne qui paraissait donner sur une autre artère d'où émanait des sons de voix. Les plafonds devaient se situer à plus de six mètres de haut. Les murs, blancs unis étaient couverts de draperie transparente. Les moulures des corniches du plafond ressemblaient à de la dentelle. Des lustres en cristal pendaient en brillant de mille feux.

Julie se demandait à quoi pouvait bien servir cette pièce inoccupée. Autant de surface sacrifiée semblait irrationnel ! Il y avait bien trente mètres entre la porte d'accès au harem et la seconde pièce sur près de dix mètres de large. Trois cent mètres carrés sans objet, trois cent mètres carrés de hall vide !

La gouvernante s'engouffra dans la seconde pièce. Les voix devenaient plus audibles mais malgré tout indéchiffrable. La

117

pièce était encore plus vaste et semblait être le carrefour du gynécée. Quatre ouvertures à chaque extrémité, toujours sous la forme de voute orientale d'où la vie semblait émanée. Le sol était recouvert de tapis. Des coussins de couleur rouge en soie s'appuyaient sur les murs blancs comme une invitation à la détente. La vieille femme s'immobilisa.

- « Comme vous voyez, c'est très vaste ici. Attendez-moi un instant, je vais voir si tout est ok ! » lança la préceptrice avant de disparaitre dans la brèche en face.

Julie regardait les murs immaculés. Aucune ouverture vers l'extérieur que des trappes de ventilation habilement dissimulées. Le cou vissé à quarante-cinq degrés, la jeune femme auscultait le plafond avec minutie comme si elle implorait un signe d'un dieu bien facétieux à son égard. Elle espérait un défaut dans la cuirasse, rêvait d'une idée qui créerait un espoir qui lui-même engendrerait un projet.

La gouvernante réapparue suivi dans le silence par les neuf captives du lieu. Les jeunes femmes vinrent se placer en rang derrière la gouvernante. Toutes étaient vêtues d'habits traditionnels aux couleurs vives. La majorité des femmes étaient basanées. De véritables beautés arabes stockées comme des trophées dans ce sérail. Toutes dévisageaient la pauvre Julie qui sentait le poids du monde s'appuyer sur ses fines épaules. Il y avait deux peaux blanches parmi les comparses. Une jeune femme brune d'une bonne trentaine d'années aux formes pulpeuses et une rouquine décharnée taille mannequin. Avec Julie, la blonde, la collection était complète. Le silence prédominait. La gouvernante s'avança vers Julie qu'elle enserra par le coude. Les deux s'approchèrent des filles en rang par la droite.

- « Julie, voici Fatima. C'est la plus ancienne ici » dit la gouvernante.
-

Julie fixait la femme qui lui fit un léger sourire.

- « Maraban ! » dit Fatima.
- Ça veut dire… »
- « Oui je sais, bienvenue » coupa Julie avant d'enchainer.
- « J'ai essayé d'apprendre un peu l'arabe dans ma cellule » dit-elle en baissant progressivement d'intensité.
- « Fatima est d'origine marocaine et parle un peu le français » dit la gouvernante en reprenant un peu d'autorité.

Julie contemplait Fatima. Il y avait une douceur certaine chez cette marocaine de taille moyenne, âgée d'une petite trentaine d'année. De très longs cheveux noirs descendaient le long de son dos jusqu'au creux de ses reins comme une cascade naturelle. Le visage arrondi et les formes généreuses rassuraient. Les mains larges, les doigts abimés par le travail manuel en disaient long sur son abnégation.

- « Voilà Anissa qui est Libyenne » annonça la gouvernante en présentant la suivante dans la file latérale.
- « Elle ne parle pas un mot de Français » enchaina-t-elle.

Julie remarqua l'incroyable beauté de la jeune femme. Les cheveux, châtains clairs, lisses, à faire pâlir d'envie Jennifer Lopez, les yeux d'un vert émeraude captivant, le corps d'une naïade de magazine people, une bouche pulpeuse et bien dessinée, un physique de rêve !

- « Elle est belle mais Il n'y a rien dans sa tête » entendit-elle.
- « Sophie, tu exagères ! » dit la gouvernante.
- « Si peu, Imma » renchérit Sophie.

Elle était bien là la française, un peu plus loin dans le rang. La belle brune avec qui Julie espérait communiquer.
La vieille dame continua les présentations. Suivait Daphné la rousse, une hollandaise rachitique, toute pâle puis Supaporn, une fabuleuse thaïlandaise qui rivalisait en beauté pure avec la Lybienne. Zakia, l'Egyptienne suivi de Yamina, yéménite, mineure, la benjamine d'à peine seize printemps au ventre bien arrondie. Julie s'arrêta un court instant face à l'adolescente.

- « Elle a l'air bien enceinte ? » demanda-t-elle en s'adressant à la gouvernante.
- « Oui, elle est enceinte du deuxième. Elle a déjà donné un garçon à notre prince » répondit la vieille avec une autorité protectrice.

120

Julie semblait peinée pour cette gamine, trop jeune mère à son goût. La gouvernante renchérit.

- « Vous savez au Yémen et dans beaucoup de pays du monde, les filles se marient des douze ans. Vous lui demanderez mais pour elle, être ici c'est fantastique, une véritable chance. D'ailleurs pour beaucoup de femmes, être une des femmes du prince est un honneur incroyable ! »
- « En tant que femme officielle, je peux comprendre » dit Julie sarcastiquement.
- « Tu as raison mais c'est un homme bon malgré tout » lança Sophie en guise de présentation.

Le regard qui s'en suivit irradia l'âme de Julie. Il y eut une sorte de connivence intellectuelle innée entre les deux jeunes femmes. Julie reconnue instantanément en elle sa sœur d'âme. La poitrine de Sophie, généreuse débordait du balconnet. La donzelle était d'une splendeur comparable à Monica Bellucci, aussi bien dans l'harmonie de son visage que dans la pureté de ses courbes. Elle exhalait une sensualité latine déconcertante. La gouvernante finit la présentation avec Aleisha, une malienne. La seule africaine de couleur noire mais aux traits tirés comme une panthère.
Julie, toujours connectée aux yeux de Sophie, la regarda à peine.

- « Aujourd'hui tu as neuf sœurs » lui dit la gouvernante.

121

- « Et une maman » ajouta Sophie en désignant la préceptrice.
- « Toutes les filles m'appellent, Ima » insista la vieille dame.
- « Ima, c'était la nounou du prince quand il était enfant » dit Sophie en souriant.
- « Aujourd'hui, je m'occupe de vous principalement avec Saïda » enchaina ima.
- « Et elle est où Saïda ? » demanda Julie.
- « Elle s'occupe de ton endroit » répondit Ima.

Les yeux de Sophie brasillaient. Les filles vinrent chacune leur tour, enlacer Julie, qui semblait assez gênée. Quelques-unes osèrent une petite bise sur la joue de la nouvelle.

- « Nos enfants sont tous demi-frères et sœurs, tu comprends. La famille dans cette partie du monde, c'est vraiment la chose la plus importante. Si tu es ici, c'est que tu es enceinte donc ima est dans le vrai, tu deviens notre sœur. » lança Fatima au moment d'étreindre à son tour la nouvelle venue.

Julie fut touchée par ces marques de sympathie. Toutefois, elle n'en oubliait pas pour autant sa condition de détenue et cela fermait son visage. On ne pouvait pas mettre un oiseau en cage et lui demander de siffloter un air joyeux ! Sophie prit la main de Julie et la cohorte prit le chemin inverse en direction d'où elle était venue.

Au cœur du harem, Julie fut surprise par la démesure des salles. La grande pièce à vivre était jonchée de coussins et de matelas brodés posés à même le sol sur lesquels les femmes s'étendaient. Des petits guéridons étaient disséminés de çà et là. Des corbeilles de fruits s'offraient aux jeunes femmes comme des offrandes aux divinités. De vieilles servantes en assuraient leurs rotations comme un renouvèlement perpétuel. D'autres, nettoyaient les colonnes de marbre de la poussière accumulée, changeaient les coussins, tapaient les literies comme des esclaves à la chaine. Pour sûr, il y avait pire comme situation que d'être la captive préférée du prince. Il y avait une odeur d'encens assez poivré. Tout ce petit monde semblait vivre en autarcie dans les sous-sols princier d'une ville inconnue, d'un pays inconnu !

La musique s'invita au cœur du harem. Des tamtams retentissaient, amplifiés par la résonnance naturelle des lieux. Le son de l'oud, la guitare berbère et des Ney, flutes orientales, firent leurs apparitions. Les hauts parleurs vrombissaient. Zakia, l'égyptienne se leva en ondulant comme un cobra sort du panier de son dresseur au son du Ghita. Ses hanches s'affolaient au son de la musique envoutante. Ses épaules semblaient être bercées par une vague invisible et le mouvement saccadé presque spasmodique de son abdomen s'abandonnait à cette mélodie traditionnelle. La petite Yamina emboitait le pas de son ainée bientôt rejointe par la superbe Anissa. Le trio semblait bien s'amuser. La Lybienne empoigna un foulard en soie de couleur vert qu'elle enroula autour de la taille de la jeune Yéménite comme une invitation à être sa partenaire. La jeune fille joua le jeu en se déhanchant exagérément sous les yeux divertis de Julie qui n'avait pas ratée une miette du spectacle improvisé en son honneur.

Sophie n'avait pas quitté sa nouvelle amie d'un pouce. Julie observait ses nouvelles sœurs d'infortunes qu'elle espérait complice. Il ne fallait se mettre personne à dos, surtout en arrivant. Cette solitude pesante qu'elle venait de vivre durant trois mois, incertaine de son sort, prisonnière d'un mitard luxueux après être passée par l'enfer des cachots insalubres africain, prenait fin.

Une autre vieille dame rejoignit Ima qui veillait sur sa nouvelle recrue. Elle portait une Abaya noire. De toute petite taille, la vieille femme, rondouillarde se mouvait discrètement. Elle parla au creux de l'oreille d'ima. Les filles dansaient toujours au son des instruments traditionnels. Ima prit la main de Julie et l'écarta de la troupe.

- « Ton endroit est prêt » lui annonça-t-elle.
- « Mon endroit ? Ça veut quoi exactement ? » demanda Julie interrogative.
- « Dans le harem, il n'y a pas de chambre avec porte. Tu as vu tout est très grand donc pour chaque femme, on aménage un endroit tranquille. Viens je t'y emmène » lui répondit la gouvernante.
- « Maintenant ? Sophie peut venir avec nous ? » demanda Julie.

Cela arracha un rictus à la vieille dame. Celle-ci fit un signe en direction de Sophie qui rappliqua instantanément, sourire aux lèvres. Accompagnée par Saïda, elles s'éloignèrent discrètement du brouhaha vers l'endroit.

12

Cette entrée dans le harem avait provoqué pendant quelques heures l'arrêt des nausées naissantes de Julie. Probablement en cause le stress, qui pour une fois s'était avéré utile.
Alors qu'elle se dirigeait vers l'endroit, Julie s'immobilisa. Harassée, elle s'agenouilla et inspira par petites ingestions. Son attention se focalisait sur le marbre du sol. Sophie se courba auprès d'elle par solidarité.
Alors que son visage s'approchait d'elle, Julie régurgita à nouveau. Sophie s'écarta brusquement, surprise par le jet proéminent. Ima frappa dans ses mains à trois reprises. Une femme de service accourue comme appeler par son capitaine.

- « On va passer par le hammam. Ça te fera du bien » dit Ima.
- « Oui, je vais m'occuper de toi » enchérit Sophie, revenue à ses côtés.

La servante s'occupa du désordre alors que les femmes repartirent.

Après quelques dizaines de mètres, les quatre échurent devant l'ouverture menant aux bains. Ima demanda à Saïda de rejoindre les autres femmes du gynécée. Elle obéit et disparue. Un pédiluve habillé de marbre cernait l'entrée. Les femmes se déchaussèrent. Les murs extérieurs étaient revêtus de faïences bleu azur jusqu'à un mètre cinquante de haut ce qui tranchait avec la pureté des parois laiteuse. A l'intérieur du hammam, la première salle était bardée de céramique marine des murs au plafond, le sol conservant sa teinte marbrée écru. Julie ressentie la moiteur ambiante. Plusieurs bains circulaires étaient éparpillés dans cette première salle, encastrés dans le marbre tel des bunkers sur un golf protégeant son green. L'eau stagnante s'y révélait limpide comme sorti des montagnes au printemps après les premières fontes. Les femmes avancèrent jusqu'au bout de cette première salle où une petite embrasure, bien dissimulée par un mur parallèle, marquait l'entrée aux bains chauds. De la vapeur s'échappait de l'accès. Une brume humide et ardente siégeait dans la salle malgré la hauteur des plafonds.

Une femme chantonnait. Cela résonnait timidement. Impossible de la distinguer, camouflée par le brouillard incandescent. Ima ordonna et la chanteuse occasionnelle rappliqua.

Elle déshabilla Julie, qui se laissa faire sans sourciller, lui présenta un peignoir et sortit vers la première salle accompagnée d'ima en emportant ses frusques. Après quelques secondes, elle revint et dénuda Sophie à son tour puis ressortit à nouveau avant de revenir. Entre temps, Sophie qui connaissait bien les lieux, escorta Julie jusqu'au bain. De larges marches marquaient l'entrée de ces thermes bouillonnants. Sophie laissa tomber son peignoir en un geste, qui s'affala à ses pieds. Julie l'imita. L'humidité à son paroxysme, les deux naïades, descendirent dans la source et bientôt, l'eau cristalline les recouvraient jusqu'au plexus solaire. Sophie s'immergea quelques secondes avant de gicler du fond de la piscine. La crinière brune plaquée, l'eau ruisselant sur son visage, la sirène afficha un rictus significatif.

- « L'eau est très chaude, ça fait du bien » tenta Julie.
- « Oui, j'adore cet espace, nage ! » lança Sophie.

Julie se catapulta et enchaina quelques brasses avant de rebrousser chemin faute d'espace suffisant.

- « Ça a l'air d'aller un peu mieux » demanda Sophie.
- « Oui. Tout ça, c'est vraiment nouveau, tellement inattendu… » répondit Julie avant que des larmes s'emparent insidieusement de ses globes.
- « On est toutes passées par là, enfin presque toutes ! » dit Sophie d'un ton solennel.
- « Presque toutes ? » Questionna Julie.
- « Toi, daphné et moi, on a été kidnappé, la thaï, acheté à sa famille mais les musulmanes ne sont pas ici contre leurs grés. C'est leurs choix ou celui de leurs familles. Vaut mieux être ici qu'en haut de toutes manières ! » répondit Sophie.
- « En haut ? » demanda Julie, interrogative.

- « Les quatre officielles. Elles ne s'amusent pas. Il y a le protocole. Elles vivent dans un harem comme nous… »
- « Oui mais elles peuvent sortir, elles » coupa Julie.
- « Ah mais non, pas du tout. Il n'y a pas une femme dehors dans ce pays. Toutes enfermées dans leurs maisons, prisonnières de leurs maris ou de leurs familles » enchaina Sophie avant de s'interrompre.

Elle se figea comme pour chercher l'inspiration auprès du seigneur en scrutant le plafond.

- « Je t'expliquerai tout ça plus tard. On a tout le temps. Détend toi dans le bain, ça va te faire du bien » dit-elle avant de replonger.

Ima appelait. Elle attendait depuis une bonne vingtaine de minutes. Sophie sortit en premier du bain. Elle enfila son peignoir. Julie la rejoignit après quelques petites secondes. Ensemble, elles quittèrent le hammam et rejoignirent la gouvernante qui patientait en compagnie de la servante, armée de serviettes de bain. Il y avait un habit plus confortable qui attendait les deux françaises. Des sous-vêtements colorés sur lequel une jupe en voile rouge presque transparente s'apposait. Les soutiens gorge étaient agrémentés de cordelettes rouges qui pendouillaient comme une frange jusqu'aux nombrils des deux amies toutes ornées de broderies. Des spartiates dorés en guise de souliers complétaient la tenue officielle des femmes du harem. Le confort avant tout. Les Abaya, takchita ou autres robes habillées n'étaient de rigueur qu'en certaines grandes occasions ou pour une visite chez le prince. La température ambiante dans le harem avoisinait les vingt-cinq degrés Celsius trois cent soixante-cinq jours par an. Tout était régulé par système moderne de climatisation qui permettait à l'air des sous-sols d'être constamment renouvelé sans pour autant nuire à la santé des beautés du prince. L'endroit des filles se situait à proximité du hammam. Il fallait passer sous une voute persienne habillée d'un voilage transparent comme une toile d'araignée qui caressait le visage à son franchissement. La vaste pièce comprenait douze box ouvert tel des cellules l'une à côté de l'autre, aux trois coins de la salle mais sans autre porte qu'un voile. Aux centres trônait une fontaine sphérique parée de carrelage azur, d'où émergeait par une jarre décoratrice, un jet d'eau continuel.

- « Ton endroit personnel est ici » lui indiqua Ima.

Le dixième box de la droite vers la gauche. Quatre box par mur porteur, Julie avait la deuxième pièce du mur de gauche.

- « Qui est à coté ? » demanda-t-elle.
- « C'est la petite Yamina » lui répondit Sophie.
- « Et toi tu es où ? » demanda curieuse, Julie à Sophie.
- « Cinquième endroit » répliqua-t-elle.

Julie effaça d'un geste de la main, le rideau et pénétra dans son endroit personnel. Il n'y avait qu'une seule et unique pièce. Un salon marocain appuyé sur le mur gauche, pour accueillir ses amies. La boiserie du meuble travaillée était peinte en or parsemé de losanges noirs sur lequel demeurait une banquette

129

en tissu de même couleur surmontée de nombreux coussins sombre et doré en soie. Face à l'entrée, un futon couvert d'une draperie soyeuse rouge bordeaux, flanqué d'oreiller du même ton et accessoirisé par une moustiquaire s'offrait pour le repos de la guerrière. A proximité, le dressing proposait une large gamme d'habits orientaux. Sur le mur de droite était accolée un bureau et une bibliothèque vide. Près de l'entrée, un guéridon surmonté d'une corbeille de fruits frais complétait l'ameublement de l'endroit. Aucune démesure, juste ce qu'il fallait pour se sentir un peu chez soi, dans cette prison dorée !

- « Bien. Je vous laisse. Je retourne à mes occupations. » dit Ima avant de décamper.

Sophie resta près de Julie qui s'effondra sur le lit. Elle s'asseyait au coin du futon alors que Julie était prolongée sur le dos, bras en croix.

- « J'ai un peu honte de moi mais j'avoue être contente que tu sois là » lança Sophie.
- « Pourquoi honte ? » demanda Julie.
- « Comment se réjouir de la captivité d'une femme ? Je suis ici depuis si longtemps ! » enchaina Sophie.

Julie sentit la solennité du moment et se redressa. Elle s'approcha de Sophie en se plaçant derrière elle et l'enveloppa en plaçant la face gauche de son visage contre ses omoplates. Elle garda le silence. Sophie regardait fixement dans le vide.

- « Il y a bientôt dix ans que je suis ici ! On s'habitue à tout, tu sais. J'aurai pu finir plus mal. L'égyptienne, elle nous a raconté des trucs qui font froid dans le dos. J'ai presque oublié ma famille, c'est fou ! Parfois une image me revient. Ce qui me fait le plus mal, c'est qu'ils doivent penser que je suis morte. Non mais qui pourrait imaginer que je suis une femme de harem, qui ? »

Julie restait sans mot dire.

- « Je suis encore jeune pourtant j'ai le sentiment parfois d'être une vieille femme. J'ai eu quatre enfants du prince. Je suis sa prisonnière. Je suis condamnée » enchérit Sophie.

Une larme s'échappa de la prunelle droite de Julie qui enserra son amie avec encore plus de vigueur.

- « Comment es-tu arrivée ici ? » interrogea Julie.
- « Ouh, c'est une longue histoire ! Es-tu prête à l'écouter ? » questionna-t-elle.
- « Bien sûr, vas-y, raconte-moi » demanda Julie.

Sophie acquiesça et entreprit la narration de son périple.

Elle était Lyonnaise. Seule fille d'une famille de cinq enfants, elle avait passé son enfance, surprotégée par ses frères et parents. Après avoir obtenu son baccalauréat, elle entrait en faculté de droit, à l'université Jean Moulin à Lyon trois. Le droit, ce n'était pas sa vocation. Sophie n'avait aucune idée de ce qu'elle voulait faire alors comme beaucoup d'autres étudiants, elle avait choisi cette filière qui ouvrait les portes de beaucoup de concours administratifs. A la fac, elle s'émancipa de sa famille, trop protectrice depuis toujours. Sophie découvrait la liberté, les flirts occasionnels, les parties où l'alcool coulait à flot.

Deux de ses amies les plus proches avaient retenues un voyage en Tunisie sur l'ile de Djerba, peu avant les examens de Mai. Elle s'y invita pour décompresser. Le pays était sans danger loin encore de sa révolution printanière. Les touristes revêtaient une importance primordiale pour l'essor économique. Le président Ben Ali punissait lourdement les agresseurs d'estivants. Forte de cette sécurité intérieure, la Tunisie et ses plages méditerranéennes attiraient bon nombre de visiteurs pas très argentés. De multiples complexes hôteliers avaient vu le jour mais n'étaient que partiellement remplis. Les prix dépréciaient sous la concurrence acharnée et les touristes, profitaient de vacances à prix cassés. Il n'y avait rien à faire à Djerba si ce n'était que lézarder au bord de la piscine ou sur une chaise longue au bord la mer.
Les trois amies étaient étendues à profiter des bains de soleil quand un jeune homme les interpellait. Beau gosse et bon vendeur, il leur proposa une visite guidée de l'ile à scooter. C'était une excursion classique sur l'ile. Des rabatteurs arpentaient les plages ou les lieux touristiques, à la recherche de client pour les organisateurs, en échange d'un faible pourcentage.
Les filles, qui s'enquiquinaient, acceptèrent le deal.

Le lendemain matin, un guide patientait près de l'hôtel où dormaient les trois étudiantes. Cinq scooters rouges attendaient d'être chevauchés bien sagement. Après un petit déjeuner copieux, les amies, motivées, se présentaient au lieu de rendez-vous. Après le paiement de l'excursion, le guide donna les instructions de base et la troupe partit. Le guide prit la tête du convoi, suivi des trois amies et d'un deuxième homme fermant la marche par sécurité. Après une première escale chez un fabricant de produits artisanaux, la troupe arriva à la ferme aux crocodiles. Plus grande ferme de crocodiles de la méditerranée, le lieu était prisé des touristes côtiers. Pourtant, ce jour-là, la ferme était déserte. Sophie s'alarma et refusait de suivre les deux hommes qui tentaient d'y pénétrer. Le guide insista auprès des jeunes femmes qui se laissèrent convaincre. Sophie suivit son instinct et attendit à l'entrée du site, seule, malgré l'insistance de ses deux amies. Les deux hommes disparurent dans l'enceinte avec les deux copines de Sophie.

Après plusieurs minutes, un policier passa par là. Il contrôla Sophie qui était dépourvu de papiers d'identité. Le policier lui signifia son arrestation et l'obligea à entrer à l'arrière de son véhicule. La jeune femme protesta avec véhémence. Le véhicule démarra soi-disant en direction du commissariat. Après quelques kilomètres de route dans l'arrière-pays, il s'immobilisa dans la cour d'une ferme vétuste. Sophie s'inquiéta à nouveau. Le policier quitta la voiture et invectivait ses complices. Trois hommes apparurent en gambadant sous les yeux épouvantés de la pauvre Sophie. Ils ouvrirent la portière arrière, agrippèrent la jeune femme sans ménagement et la projetèrent au sol. Sophie hurla. Un des hommes la bâillonna avec ses mains graisseuses. Elle s'imaginait un court instant, être victime d'un viol en bande organisée. Ce fut la dernière image qu'elle eut de ce pays. La lumière s'éteignit. Sophie se réveilla dans une geôle crasseuse de Tripoli. Ce n'était même pas une cellule officielle. Elle était en transit. Marchandise principale d'un commerce vieux de plus de trois mille ans !

C'est Abdelkrim qui vint la chercher sur les ordres du prince Nasser. Kadhafi l'avait acheté une bouchée de pain menaçant le receleur en cas de refus des pires représailles. Il l'offrit au prince qui se trouvait dans la capitale dans le cadre d'une visite de courtoisie organisée par l'Emir, son père. Sophie embarquait le soir même à bord du Boeing personnel du monarque comme un bagage supplémentaire dans la soute aménagée de l'avion. S'en suivit le parcours classique de la captive. Education orientale, maternité et soumission !

- « Et toi, raconte-moi » demanda Sophie à sa nouvelle amie.

Julie relata son aventure à son tour. Elle sanglotait à l'évocation de ses parents ou lors de la narration de l'égorgement de sa codétenue. Sophie écoutait et pleurait à son tour des malheurs de sa nouvelle amie.

- « Je me demandais une chose » lança Julie, les yeux fixés au plafond.
- « Oui quoi ? » répondit Sophie.
- « Ou sont les enfants ? » demanda la jeune prégnante.

Le silence s'installa. Julie n'osa pas reposer la question. Sophie, après un instant répondit.

-   « On les a avec nous jusqu'à trois ans. Après ils vont à l'école et sont élevés comme dans un pensionnat. On a le droit à une visite par semaine. C'est dur pour tout le monde ! » répondit Sophie avant de poursuivre.
-   « Tu sais ici, il y a une importance incroyable pour les enfants. Le prince est bon avec tout le monde. Le fait d'avoir autant d'enfant lui donne l'impression que sa lignée sera éternelle, c'est leur coutume. Il pourrait être dur, méchant mais il est gentil, attentionné. Il n'oublie aucune d'entre nous. On a toutes, droit à sa visite. Tout est planifié, comme pour les enfants ! C'est un autre monde dans lequel il n'y a qu'un homme. Tu sais, certaine on atterrit dans des bordels où elles sont violées dix fois par jour par des types horribles. Elles vivent dans des chambres crasseuses, en sous nutrition avec des maladies vénériennes incurable. Dans notre malheur, on a de la chance »

-   « Mais tu n'as jamais essayé de t'évader ? » tenta Julie.
-   « Waouh, tu es folle ! » répondit instantanément Sophie.
-   « Pourquoi ? » questionna Julie.
-   « Mais pour aller où ? Et comment ? On est dans un émirat ici. Autour, il n'y a que du sable et le soleil qui me cuirait aussi vite qu'un micro-onde si je tentais quoi que ce soit ! Je perdrais mes enfants. Peut-être qu'ils m'égorgeraient, c'est monnaie courante dans cette

partie du monde ou pire, ils me vendraient à un bordel. Non, non, je n'ai jamais pensé à ça et tu ne devrais pas y penser non plus, crois-moi ! »

Plus aucun mot ne sortit des gosiers des jeunes femmes. Etendues face au plafond, fixant le dôme, elles s'égaraient dans leurs songes distinctifs, soulagées d'avoir partagée leurs histoires, apaisées par ces confessions si lourdes à assumer, heureuses de n'être plus seule, enfin !

13

Julie se réveilla près de Sophie encore léthargique. Elle l'observait dans le plus parfait des silences. Elle ressentait un amour bienveillant et pur ! De la musique provenait des pièces voisines à flux modérée. Personne d'autres n'avait rejoint son endroit, elles étaient seules dans le périmètre. Julie prenait conscience de sa situation en raisonnant sur les informations que son amie lui avait transmise en vrac. Son pays de détention serait un émirat arabe. Prisonnière du harem du fils ainé de l'émir qui se trouverait être placé vraisemblablement dans les sous-sols du palais principal ! Il y avait donc de fortes probabilités pour que cet endroit soit la capitale de cet émirat et qui disait capital, disait ambassade, peut être aéroport, population et donc, un jour ou l'autre, opportunité.
L'équation paraissait faiblarde. Il fallait garder espoir !

Julie plaça sa main droite sur son abdomen comme pour rassurer le petit être qui germait en elle. Prisonnier de son

corps, l'embryon partageait peut-être, les pensées de sa mère !
Pour endiguer ses représentations, Julie ferma les paupières et
se concentra sur des souvenirs heureux. Elle fut abasourdie par
la difficulté à recouvrer dans sa mémoire, les images du temps
passé. Il y avait comme une barrière infranchissable créée par
l'esprit qui la ramenait systématiquement au point présent. Un
enfant allait sortir de son corps alors qu'elle ne se sentait pas
prête à être parent et cela la tétanisait !
Serait-elle une mère aimante, aurait-elle l'instinct suffisant ?
Ce dont elle était certaine, c'est qu'on lui retirerait le droit
d'être une mère présente.
Comment Sophie pouvait elle supporter pareil sacrifice ?
Comment pouvait-elle ne serait-ce que l'accepter ?
Dubitative, elle ne s'épancha pas sur le sujet et feignait, pour le
bien de toutes.

Le temps passa.

Julie avait pris ses marques dans le harem. Il y avait une de
salle de sport adjacente au hammam. C'était devenu son
quartier général. Les femmes étaient suivies quotidiennement
par la gouvernante en chef. Elles avaient toutes un programme
d'entretien physique. Julie s'était proposée pour remplacer Ima
dans ce rôle de coach. La vieille dame avait accepté l'idée avec
enchantement. Aussi, malgré ses rondeurs de plus en plus
visible, elle entrainait ses consœurs comme un entraîneur
personnel. Cela légitimait sa présence assidue dans la salle et
l'exonérait d'autres obligations.

En parallèle, depuis son arrivée dans le harem, Julie apprenait les rudiments de l'Islam. Toutes les femmes de l'enceinte avaient foi en cette religion. Sophie lui en expliquait les nuances qu'elle ne saisissait pas. Julie s'y intéressait vraiment et pratiquait avec ses sœurs captives, la prière. Se retrancher dans la religion l'aidait à accepter son destin. Elle aimait le moment de communion où toutes étaient ensemble à prier le même dieu. L'union offrait force et assurance. Le prince avait connaissance de ses progrès. Une fois par semaine, Julie le voyait dans la suite royale du sous-sol lors d'un repas. Il n'y avait plus de sexualité néanmoins le prince tenait à se montrer présent et accompagnait ses captives durant leurs grossesses. Leur conversation tournait autour de la France et de l'enfant à naitre. La vie sociale, les nouvelles, le sport, tout y passait. Le prince s'informait et retranscrivait fidèlement tel un présentateur de journal télévisé. Puis ils discutaient de l'évolution de la grossesse. Une fois par mois, Julie se rendait dans une pièce extérieure au harem où l'auscultait le médecin du palais. Elle pouvait apercevoir les traits de son fœtus au travers de séances d'échographies. Elle sut rapidement attendre un garçon.

Dans le harem, il n'y avait, ni téléphone, ni ordinateur et aucun téléviseur. Cependant, il était possible d'obtenir des bouquins. Pas n'importe lesquels, des ouvrages ciblés qui devaient, en plus, avoir passé le test de la commission de censure du bled ! Cela occupait le temps et maintenait l'esprit en éveil.
Dans le harem, la vie était semblable à une vie communautaire. Tout semblait légiféré ! La planification et l'organisation était la base de la réussite de cette entreprise. Il y avait une salle de

jeu pour les enfants où les mères pouponnaient. Les employées du gynécée ne sortaient guère comme si elles même étaient captives du royaume. Les enfants, plus âgés, rendaient visite à leurs mères chaque vendredi après-midi après la prière et restaient jusqu'au soir avant de rejoindre leurs internats. Les mères en souffrance les laissaient partir, les yeux rougis d'émotion et larmoyaient quelques instants, dès leurs disparitions. Puis tout recommençait pour un cycle d'une semaine, encore et encore.

Il manquait à Julie le souffle d'air extérieur, la ballade journalière du prisonnier. Dans cette partie du monde, irradiée par l'intensité du soleil, balayée par des vents ensablés, l'immersion dans le monde extérieur n'était l'apanage que de la gente masculine. Les femmes étaient cloitrées chez elle. Certaines avaient surement la chance d'avoir un patio ou une courette, les plus modernes, une piscine ! Sentir l'air sur sa peau générerait de la liberté psychologique. Les autochtones males tenaient à maintenir leurs emprises sur leurs épouses soumises, par conséquent l'interdiction était inévitable. Le droit de la femme était d'obéir à leurs époux, point.

Les semaines défilaient.

La routine s'était installée. Il y avait un confort certain.
Julie arrivait presque à terme. La peau de son ventre paraissait avoir atteint ses limites élastiques. Son nombril ressortait de son abdomen comme la queue d'un goret. Ses seins avaient doublé de volume et ses aréoles étaient atrophiées. Les tétines se sensibilisaient. Julie ne parvenait plus à s'entrainer. Des douleurs lombaires exacerbées la restreignaient. Pourtant, loin

d'être abattue, elle allait à la salle chaque jour, près des machines, là où elle s'était toujours sentie à son aise. Finalement, il était là son endroit ! Les filles y venaient un peu plus comme pour la surveiller avec bienveillance. Sophie passait presque tout son temps avec son amie. Elle la couvait comme une grande sœur. Elle était passée par là ! Elle connaissait l'importance du soutien. Aussi, elle la rassurait en l'abreuvant d'anecdotes. Julie s'étonnait lorsque son abdomen se déformait sous les coups de pieds de son petit. Elle riait beaucoup en le sentant s'exercer comme s'il était un sportif, lui aussi, en devenir. Chaque soir, les deux sœurs de circonstance se rendaient au hammam. Julie marchait dans les bains. Cela détendait son dos meurtri par le poids toujours plus grand. Un soir, en sortant du bain, Sophie remarqua de l'eau ruisselante sur la cuisse de son amie. Dans la chaleur des bains, Julie n'avait rien ressenti. Un peu étourdie, elle restait sur ses appuis, enveloppée dans sa serviette. Sophie s'approcha et constata.

- « Julie ne panique pas mais je pense que tu es en train de perdre les eaux » lui dit-elle très calmement.

Julie ne réagissait pas comme assommée par la nouvelle. Après quelques secondes, elle se pencha en avant pour entrevoir ses cuisses, masquées par sa bedaine proéminente et d'un coup, une étincelle ralluma l'esprit.

- « C'est maintenant ! » se contenta-t-elle de dire.

Sophie lui attrapa la main et l'entraina dans son sillage, dans le plus plat des calmes. Julie marchait à faible allure, gênée par les pertes importantes de liquide. A un moment, elle en sourit, presque étonnée. Les deux femmes finirent par croiser Fatima qui comprit instantanément l'enjeu et rebroussa chemin pour trouver une aide plus appropriée. Après quelques instants, un groupe arriva au trot. Julie s'asseyait sur le fauteuil roulant qui était mis à sa disposition. Toutes les femmes autour parlaient en même temps. La cacophonie était désopilante comme si la seule à ne pas paniquer était l'intéressée. Julie n'avait pas ressenti de contraction avant cette perte inattendue des eaux et curieusement, ne ressentait toujours pas de douleur. Elle s'amusait de la réaction de ses nouvelles sœurs. La confusion régnait.

Julie avait été suivie quotidiennement durant ses mois de grossesses par une servante formée au métier de sage-femme. Cette dernière l'attendait dans une petite salle attenante à la pièce des enfants. La pièce n'avait rien à voir avec l'architecture du palais. Point de marbre ni de luxe, juste un carrelage lumineux entouré de murs blanc uni tel une banale salle d'hôpital. A l'intérieur, la lumière était vive. Les accompagnantes braillaient. La sage-femme vociféra pour éteindre l'embrasement vocal alors que Julie s'installait sur la table médicale. La cohorte sortait de la pièce sous la direction d'Ima. Julie insista pour que son amie française reste la soutenir. La sage-femme demanda l'approbation de la gouvernante, qui accepta d'un hochement de tête. Elle se lança donc dans sa première inspection du col. Une ouverture d'à peine trois centimètres n'annonçait pas d'accouchement immédiat.

Durant ces longs mois de captivités, Julie avait, outre fait du sport, apprit la langue arabe. Bien aidée par ses sœurs, elle maitrisait la langue en à peine six mois. La pratique obligatoire pour étudier le coran et pour converser avec les autres captives, avait accélérer le processus. Elle questionna la sage-femme qui lui répondit.

Pour éviter les infections, le contrôle du col dans cette partie du monde ne se pratiquait que toutes les quatre heures et toujours par la même personne. La sage-femme invita Julie à se reposer. Julie accepta mais fit remarquer l'impossibilité de fermer l'œil face à l'intensité de la lumière. La sage-femme sourit et mit en veille les lampes halogènes laissant une veilleuse dans la pièce devenue paisible. Sophie était à ses côtés. Elle avait besoin de se sentir utile. Depuis le départ de son dernier né, juste avant l'arrivée de Julie, elle se sentait un peu seule. Maman poule, elle avait ce besoin viscéral de s'occuper des autres. Aussi, l'arrivée d'un nouveau-né, la ravissait. Julie avait nécessité de cet appui et manifestait une totale confiance en son amie. Le prince voyait régulièrement Sophie, qui était parmi ses favorites. Ses quatre chérubins lui rendaient visite le vendredi et depuis quelques mois, Julie jouait le rôle de tata. Karim, l'ainé avait neuf ans, suivi d'Aïcha, sept ans, Yousra, cinq ans et du benjamin, Nassim, trois ans et demi. Les deux plus âgés comprenaient cette règle contrairement au plus petit, dérouté par la séparation le soir venu. Julie trouvait cette rupture cruelle et inappropriée. Sophie, la modérait arguant que dans bien des harems, l'enfant était enlevé à la fin du sevrage et que la séparation devenait définitive. Encore une chance dans leur malheur, pensait-elle !

Le silence dans la pièce tranchait avec les palabres des femmes derrière la porte. Cette dernière s'entrouvrait par moment. Sophie se déplaçait pour n'annoncer aucun changement. Alors qu'elle se dirigeait à nouveau vers la porte entrebâillée, Sophie aperçue son ami se cambrer. Julie hurla de douleur. La première contraction fut d'une intensité foudroyante. Elle paniqua devant cette douleur inattendue. Elle avait été prévenue par ses nouvelles amies de cette partie désagréable du travail néanmoins, elle n'en avait pas soupçonné la portée. Sophie fit appeler la sage-femme par ses consignatrices. Elle revint s'asseoir près de son amie et lui prit la main. Julie l'agrippa alors qu'une autre contraction survenait.

- Ça fait super mal ! » cria-t-elle, avant d'enchainer.
- « Il n'y a pas de péridurale dans ce pays, aïe… »
- « Respire chérie » lui dit calmement Sophie.

La pauvre se cintrait à l'apparition des douleurs. Les contractions qui s'étaient déclenchées sur le tard étaient espacées d'à peine une minute. Le bras droit de Sophie commençait à s'engourdir sous la pression des mains de Julie qui s'y accrochait comme suspendue au-dessus du vide. Heureusement, la sage-femme arriva et reprit les choses en mains.
Elle vérifia le col par un toucher exécuté en quelques secondes. Il était effacé selon ses dires. Sophie servait d'assistante à la sage-femme. Elle se plaça derrière Julie alors que l'infirmière lui demandait de pousser. Sophie l'aida à lever les épaules et l'encouragea. La pauvre Julie hurlait en sentant son enfant

descendre dans son bassin. Le visage tumescent, elle s'effondrait après chaque poussée. Sophie lui plaçait une serviette humide sur le front quelques secondes comme sur un boxeur entre chaque round et le gong retentissait à nouveau. Julie commençait à s'épuiser quand elle entendit la sage-femme dire voir la tête. Elle sentait son corps entaillé et il lui fallait au plus vite, se libérer. Armée de son courage, elle repartit au combat et donna tout ce qui lui restait dans une dernière poussée libératrice. L'enfant jailli d'un coup, maculé de glaire et de sang. Julie s'effondra. Les yeux de Sophie s'inondèrent de larmes.

-   « Il est magnifique ma chérie » lança-t-elle.

La sage-femme plaça l'enfant dans une serviette de bain, clampa le cordon et appela Sophie qui arriva à la rescousse pour le couper. Sophie prit l'enfant, qu'elle montra à Julie qui, elle, errait dans une semi-inconscience. La sage-femme s'occupa du nettoyage interne de sa patiente tandis que l'amie tentait de décrasser le nouveau-né qui braillait. Les femmes derrière la porte s'impatientaient. Sophie l'ouvrit et montrait la progéniture à l'assemblée. Des youyous pleuvaient en masse. Cela fit sourire Julie qui tentait de récupérer un peu d'énergie. Sophie referma la porte de la salle et amena le petit être auprès de sa maman. Elle le posa sur la poitrine de Julie qui hésitait à le toucher. Un être si petit, tellement fragile ! Le geste de l'apprentie mère n'était pas sûr. Le bébé se calma au son des battements du cœur de sa génitrice. Des larmes suintaient des prunelles de la procréatrice rattrapée par une émotion inattendue. Sophie contemplait fièrement mère et fils et se laissa aller, elle aussi, submergée par l'émotion.

14

Le petit avait pris une place importante au sein de la communauté. Le premier né d'une nouvelle caste. Toutes les femmes du harem voulaient du temps avec lui. Une semaine sur terre et déjà l'objet de toutes les attentions ! Julie se découvrait un amour matriarcal qu'elle ne soupçonnait guère. Il amenait de la vie et de la joie au royaume des filles. Le prince, à l'occasion de sa naissance avait organisé une petite fête et s'était invité dans le gynécée. Sa présence revêtait un caractère exceptionnel. Il en avait fait de même pour le premier né de chacune de ses captives. Les réjouissances duraient une journée entière. L'enfant avait été prénommé Sofiane par le prince. Le patronyme plaisait à Julie. Le petit chevelu avait une frimousse amusante. Il avait hérité du bronzage naturel de son père.

La musique s'invita au banquet et l'élu princier dansait au milieu de ses amoureuses. Chacune rivalisait d'imagination pour séduire l'hidalgo allègre. Bébé squattait les bras de tata

Sophie. Julie semblait ailleurs. Sophie devinait son amie atteinte de baby blues et essayait de la stimuler. Julie n'était plus qu'un oiseau sauvage en cage, toujours éprise de liberté et nostalgique. Plus le temps allait passer, plus il serait difficile de s'extirper de cette prison dorée !

Il y avait déjà plus d'un an que la belle ne s'appartenait plus. Elle n'était pas prête à renoncer à ses rêves de liberté néanmoins, avait compris que plus le temps défilait, plus cela allait devenir compliqué. Elle s'était promis de ne jamais accepter sa condition de captive. Le temps jouait contre elle un jeu insidieux. Elle était prise au piège dans ce palais entre les murs infranchissables, son amour pour Sofiane et la peur de perdre encore plus. Abandonner et accepter, auraient été la solution la plus censée, celle que toutes ses compagnes avaient adoptée. Aucune tentative d'évasion n'avait jamais eu lieu. Personne, en tout cas, n'en avait eu vent. Elle n'avait depuis son arrivée, jamais perçu la moindre faille ni opportunité. Sa famille lui manquait terriblement. Elle imaginait la tristesse dans le cœur de son père et de sa mère, convaincu de son décès. Elle se remémorait le discours de son papa alors qu'il devisait sur la disparition de telle ou telle petite fille parut au journal télévisé. Pour lui, les violeurs, tuaient lâchement et systématiquement leurs proies, pour ne pas laisser de trace. Selon ses théories, il devait penser sa fille, logeant sous terre au milieu d'une forêt.

Dans quel état moral pouvait-il se trouver ?

Est-ce que sa mère était encore en vie, elle qui répétait à tut tête que si elle perdait un enfant, elle en mourrait ?

Le prince extirpa le nouveau-né des mains de Sophie. La musique redoublait d'intensité. Au milieu des gazelles, il tendit les bras vers le ciel comme pour présenter le petit Sofiane au divin. Les femmes agitaient leurs bras vers le ciel dans une frénésie musicale comparable à Bollywood. Sophie avait suivi le prince et veillait sur le petit comme sa propre mère. Julie n'entendait plus le moindre son. L'esprit s'était déconnecté de la réalité et fonctionnait au ralenti. A l'instar des bonzes tibétains, elle se trouvait en phase de méditation extrême, bien involontairement. Figée comme une statue de marbre, les yeux dans le vide astral, impassible face au vacarme environnant, comme seule au monde, elle devenait autiste de sa propre existence.

Sophie faisait face au prince. Avec le plus grand des respects, en s'inclinant, elle invita Nasser à lui remettre bébé Sofiane qui lui aussi semblait perché. Le prince obtempéra. Il embrassa le nouveau-né puis le pressa sur son torse délicatement en prenant soin de ses fragiles cervicales avant de le remettre à Sophie. Le nouveau membre de la famille hurla lorsqu'il quitta les bras du prince qui s'émut de cette compassion inattendue.

Il s'immobilisa un instant avant de crier le nom de son nouveau petit. Les femmes reprirent en cœur. La musique retentissait de plus belle. Il y avait une odeur prononcée de sudation dans la pièce. Les corps dénudés suintaient par l'effort. Des servantes aspergeaient l'air à l'aide d'aérosol parfumé au jasmin. La climatisation ne parvenait guère à rafraichir la salle embrasée.

Lorsque Julie réapparut d'entre les mortes, elle aperçue le prince noyé entre les corps luisants de ses codétenues. Point besoin d'alcool, pour qu'une fête ne tourne à l'orgie ! Elle s'étonna du comportement du prince tellement prude et protocolaire à l'accoutumée. Tombé dans les filets de sirènes ensorcelantes, le monarque palpait, caressait, tripotait chaque bout de chair qui croisait son chemin, au grand bonheur des jouvencelles.

Sophie maternait.

Julie fit signe à son amie. Un clin d'œil tout d'abord puis avec l'index droit, elle montra la direction vers laquelle, elle désirait se rendre. Sophie acquiesça. Dans l'indifférence générale, elles prirent la poudre d'escampette.

- « Ce n'est pas possible, il faut que je parte d'ici ! » lança Julie.
- « Oui, on retourne à ton endroit, si tu veux » répondit Sophie.
- « Non, non, non, ce n'est pas ça que je veux dire ! Je dois tenter de partir d'ici, il faut que j'essaie » dit Julie avec détermination.
- « Mais tu ne peux pas ! Tu as un petit bébé et tu m'as moi » rétorqua Sophie le ton grave et inquiet.
- « Je sais, je sais. Je vous aime mais je meurs. J'ai compris, je viens de comprendre. Il faut que je parte. Peut-être qu'il faut qu'on parte. Toutes les deux, avec les enfants… »
- « Mais tu deviens dingue. Qu'est-ce que tu crois ? On va t'ouvrir la porte et t'inviter à sortir ! Il n'y a que deux façons de partir d'ici » hurla Sophie.
- « Ah oui, lesquelles ? » interrogea Julie, sarcastique.
- « Morte ou vendue. Tu préfères quoi ? » dit-elle le ton grave.

- « Je dois essayer avant qu'il ne soit trop tard. Je vais trouver » lança Julie.

Sophie secoua la tête en signe de désapprobation et d'incompréhension. Elle s'était résolue à vivre sa vie entière dans la peau d'une captive de guerre. Il lui paraissait impossible d'abandonner ses enfants alors même qu'elle ne les voyait qu'avec parcimonie. Julie l'avait compris. Les enfants étaient la clé de la soumission. Sofiane était son geôlier indirect. Ce petit bout de chou la condamnait. Sophie ne reconnaissait pas sa petite sœur d'infortune. Comme si Julie avait été visitée durant sa méditation par un esprit malin.

Le petit bonheur dormait bien caler dans les bras de Sophie et ce malgré, le brouhaha environnant. Une petite boule de chair pur et innocente qu'elle tenait à protéger coûte que coûte. Julie ressentait cet amour pour son enfant et cela créait une grande confusion avec ses objectifs de liberté.

- « Va dormir chérie. Demain, tu y verras plus clair. Je vais rester près du petit » lui dit Sophie.
- « Comment tu veux dormir avec ce boucan ? Et le petit, il faut bien qu'il tête durant la nuit. Viens te coucher à mes côtés si tu veux » proposa Julie.

Les deux femmes rejoignirent l'endroit de la jeune mère et s'étendirent sans se déshabiller après avoir déposé Sofiane dans son couffin. Le petit ne paraissait pas gêner par le tintamarre.

- « Le prince ne va pas nous chercher ? » demanda Julie.

- « Penses-tu, il va emmener trois ou quatre filles dans sa suite. C'est comme ça à chaque fois » répondit Sophie.
- « Ah oui et tu y es déjà allée ? » murmura Julie.
- « Non, le prince sait qu'avec moi, c'est exclusif » répondit Sophie en chuchotant à son tour.

Sophie se plaça derrière Julie dans la position de la cuillère. Les pourtours de son corps emboîtèrent ceux de Julie. L'obscurité était tamisée par une lointaine lueur, filtrée par le voilage de l'endroit.

- « Il sait y faire cet homme » lança Julie les yeux clos.
- « Dors ma belle ! » rétorqua Sophie.
- « Quand même, j'ai presque craquée pour lui. C'est fou, non ! » enchérit Julie.
- « Non. Moi, je l'aime et je l'admire cet homme. Il m'a fait quatre enfants. Je te comprends mieux que quiconque ! » répliqua Sophie.
- « Non, non, ce n'est pas ce que je veux dire. Le mec se tape toutes les meufs qu'il peut. Quatre femmes officielles, dix captives dans le harem plus toutes celles qu'on ne connait pas et nous, on craque pour ses belles phrases. La vérité, c'est que cet homme nous retient en otage contre notre gré et abuse de nous » argumenta Julie.
- « Tu es passée en Afrique. C'est quand même mieux ici, non ? » questionna Sophie.
- « Mais la liberté n'a pas de prix. Courir dans les bois, skier dans les montagnes, se baigner dans l'océan, voyager, travailler, choisir. Je rêve du souffle du vent,

152

de pluie sur mes cheveux, de neiges. Je rêve de ma famille, de mes amies. J'en pleure à l'intérieur... »

- « Chérie, même si tu parvenais à quitter le harem. Tu ne tiendrais pas dix minutes dehors sans te faire avoir. Personne ne sait ce qu'il y a à l'extérieur. S'il t'attrape, au mieux, ils te couperont la gorge. Imagine te retrouver pute au milieu du désert pour des Touaregs crasseux ou dans un lupanar sordide ! » dit Sophie l'air grave.
- « Oui mais si le prince meurt. On devient quoi nous ? » questionna Julie.

Le silence s'installa. Sophie réfléchissait tandis que Julie ouvrait les yeux, surprise de n'obtenir aucune réponse.

- « Je ne sais pas. Je n'avais jamais pensé à ça avant. Il est probable qu'on soit vendue ou tuée mais bon, le prince est encore jeune. » répondit Sophie.

La conversation prit fin sur cette interrogation. Les filles s'endormirent malgré la résonnance.
Le bébé se réveilla à trois reprises durant la nuit quémandant son lactose. Ses pleurs étaient presque inaudibles mais l'instinct maternel de Julie répondait présent. C'est bien cela qui l'inquiétait !

Au matin, Sophie espérait que son amie ait changé d'opinion. Elle n'osa pas la questionner. Les deux se dévisageaient presque gêner de leurs confidences de la veille. Les cheveux ébouriffés, Sophie quitta l'endroit de Julie pour se rendre au sien dans un silence de mort. Julie s'asseyait au bord de son lit à proximité du couffin. Elle contemplait son petit ange sommeiller paisiblement. Elle était prise de douleur à l'estomac en pensant être obligée de l'abandonner en cas d'opportunité d'évasion. Elle était parfaitement consciente de ce fait ce qui la conduisait vers un conflit d'intérêt. Son esprit la harcelait. Des pensées lui intimait l'ordre de tenter de s'enfuir quand d'autres immédiatement, lui ordonnait l'inverse. Elle avait le devoir de protéger son fils. Chaque jour qui passait la rapprocherait encore un peu plus de lui.

Fallait-il le repousser ?

Comment repousser un être pur et innocent dont on est responsable ? Elle se trouvait méprisante à cette idée puis, à nouveau, elle pensait à la douleur de la séparation que subissaient chaque vendredi soir ses codétenues. Tout s'embrouillait dans sa tête. De toutes les façons, aucune opportunité d'évasion ne s'était présentée depuis son entrée dans le harem et nul ne savait s'il y en aurait une un jour.

Quelques semaines passèrent.

Sofiane grandissait. Il possédait de belles grandes mirettes de couleur châtaigne qui auscultaient chaque détail. Une petite fossette sur sa joue droite qui se creusait lorsqu'il souriait. Ses cheveux bruns de naissance chutaient. Cela créait un désordre capillaire qui amusait les filles.

Julie avait rebondi. Elle s'occupait de son rejeton et fréquentait à nouveau, assidument la salle de sport du complexe. Elle avait fondu comme neige au soleil au point d'être encore plus en forme qu'avant de tomber enceinte. Ses muscles longilignes

saillant luisaient sous l'effort. Le regard semblait déterminé.
Les servantes du harem s'occupaient une partie de la journée
du petit ainsi que des autres progénitures du prince. Cela lui
laissait assez de temps pour se préparer physiquement.
Sophie voyait le prince le soir à venir et cela, la motivait. Elle
ne le voyait que deux fois par mois.
Julie l'apprêtait comme on prépare une mariée. Vers dix-neuf
heures, Ima appela Sophie. Julie l'accompagna vers la porte
d'entrée du gynécée. Deux gardes se tenaient en faction
derrière. Lorsque l'accès s'ouvrit, Julie fixa la porte comme
pour photographier chaque détail. Sophie passa le seuil,
escortée par Ima puis un garde tandis que l'autre condamnait
l'issue. Julie resta face l'entrée. Elle fixait intensément la
serrure. Elle bouillonnait. Chaque détail du bâtiment était
désormais ausculté. Comment sortir, alors que des gardes
stationnaient vingt-quatre heures sur vingt-quatre devant
l'issue ? Il y avait quelque chose à trouver, il le fallait.

Le lendemain matin, Julie fut réveillée par Sophie. Sofiane, en
éveil, gazouillait tranquillement dans son couffin. Le petit
mignon n'avait pas osé brailler pour réclamer sa tétée et laissait
sa mère se reposer. Les paupières à demi ouvertes, Julie se
sentait lasse. L'heure matinale était assez inhabituelle pour une
visite de courtoisie. Sophie paraissait radieuse.

- « Cela à l'air d'aller ma belle ! » lança Julie à
  l'encontre de son amie.
- « Oui, j'ai passé une nuit formidable » répondit-elle
  avant d'enchainer.
- « Et j'ai appris quelque chose qui va t'intéresser »

- « Quoi donc ? » demanda le plus naturellement Julie.
- « Nasser va à Paris en voyage officiel dans deux semaines. Il va être reçu à l'Elysée par le président et... »

Julie bondit du lit et coupa la parole de son amie.

- « C'est une super nouvelle ça ! Y a peut-être quelque chose à trouver »
- « Trouver quoi, j'allais te dire qu'il allait me rapporter une robe de chez Chanel et qu'il allait surement te proposer de te ramener quelque chose. Non, mais tu penses encore à te barrer ? Tu en es encore là ? Et Sofiane, tu crois qu'il est en âge pour ces bêtises ? » enchaîna Sophie désappointée par la réaction de son amie.
- « Je sais tout ça ! Mais tu me connais un petit peu maintenant et tu sais que tôt ou tard, je tenterais quelque chose ! »

Le silence s'installa. Sophie baissait les yeux et fixait le sol comme dépitée par l'attitude de sa sœurette.

- « Si tu dois tenter quoi que ce soit, il faut bien y réfléchir. Tu dois avoir un plan fiable. Il faut te laisser au moins une chance et ne pas partir à l'arrache. Je veux bien t'aider mais en échange, si on ne trouve aucun plan d'action, tu dois me jurer de ne rien tenter » dit d'un ton dramatique Sophie.

- « Oui je te le jure mais je sens la dépression arrivée.
  J'ai des idées sombres. Je n'accepte plus ce destin. Je
  dois être la première à m'enfuir. Il faut que je dénonce
  cet enfer. Je me dois d'essayer, c'est dans ma nature. Si
  je renonce, je meurs. J'ai toujours fait du sport à haut
  niveau alors que personne dans ma famille n'a
  d'aptitude sportive. C'est comme si je m'étais toujours
  préparée à ce trek, tu comprends ! » dit Julie.
- « Bien sûr, je peux comprendre mais les risques sont si
  élevés. J'ai peur pour toi. J'ai peur pour nous. Si jamais,
  tu réussissais, qu'adviendrait-il de nous ? Et si, il te
  capture ? Non mais tu te rends compte de ce qu'ils vont
  te faire ? » murmura Sophie.
- « Au moins, j'aurai essayé » répondit Julie en souriant.

Elle avait pris la mesure de cet engagement et l'acceptait. Le
risque en valait la chandelle. Petite, elle adorait regarder le film
« la grande évasion » avec Steve Mac Queen. Elle trouvait
héroïque les résistants, ceux qui n'acceptaient pas l'adversité et
la combattaient. Che Guevara qui ornait les murs du bar dans la
rue de Lappe comme dernière image de liberté parisienne
même si l'image se ternissait à la pensée de sa propre fin.
Samia bridée par un frère radicalisé. Toutes ses sœurs à travers
le monde soumises à la loi du plus fort et l'attitude héroïque de
Léa dans les geôles africaines qui paya cher son intégrité. Le
vent de la révolte s'immisçait dans sa chair. Elle ne pouvait
plus être le jouet d'un homme. Elle ne pouvait plus être un
objet de collection que l'on ressort à l'occasion. Elle ne
trouvait plus de circonstances atténuantes à son esclavagiste ni

même à aucun bourreau. Elle se muait en soldat, prête à tout y compris une mission suicide, prête à mourir en martyre.

15

A présent, il fallait recueillir le maximum de donnée avant le départ du prince. Le temps était compté. Les deux partenaires ne connaissaient pas grand-chose des lieux. Les enfants de Sophie qui empruntaient les corridors du palais pour se rendre dans leurs internats allaient, espéraient-elles, pouvoir les renseigner. Sophie ne les avait jamais interrogés à ce sujet ce qui stupéfia Julie. Heureusement, la visite hebdomadaire était prévue le lendemain. Il fallait, de plus, connaitre la date précise du départ du prince pour Paris. Deux semaines était une donnée trop imprécise. Elaborer un plan d'évasion sans éveiller le moindre soupçon s'avérait être plus que compliqué. Outre, la date de départ du prince et de sa cour, il fallait connaitre le nom de la captive qui allait voir l'héritier la veille de son départ, s'il y en avait une et seulement, le cas échéant, organiser un plan suffisamment crédible pour tenter l'échappée. Il paraissait y avoir beaucoup trop de conditionnel pour que cela fonctionne. Julie pensait cela réalisable alors que Sophie en doutait.

Le lendemain, après la prière de Dohr, les enfants pénétrèrent dans le harem. Les mamans ouvraient leurs bras où les petits s'engouffraient. Julie accompagnait son amie et assistait au tendre spectacle. Sofiane sommeillait dans son dos, enserré dans une écharpe de transport. Julie espérait beaucoup des informations du rejeton. Sophie se métamorphosait en présence de sa progéniture. Son visage rayonnait, ses yeux illuminaient l'assemblée et son sourire transpirait d'amour. Les gosses pleuraient de joie, blottit contre sa poitrine charnelle. Cela ressemblait à un retour de colonie de vacances.

Les retrouvailles terminées, la troupe se dirigeait vers la salle des enfants. Tout avait été pensé pour que les chérubins s'épanouissent en présence de leurs génitrices. Il y avait de multiples jeux disséminés dans l'une des plus grandes salles du harem. Des balançoires multicolores, des toboggans de toutes tailles et toutes sortes de jeux extérieurs avaient été placé en indoor. Un sol souple remplaçait la faïence présente dans toutes les autres salles. Des jeux de sociétés, des livres de coloriage, de la pâte à modeler, des poupées, des voiturettes, entre autres, garnissaient l'étal du coin des plus petits. Au-delà du bonheur de retrouver leurs mamans, les gosses se rendaient une fois par semaine au paradis des jeux. Le prince savait qu'à enfant heureux, mère heureuse. Cela se résumait en une récompense commune hebdomadaire. Les enfants suivaient un protocole éducatif drastique la semaine et obtempéraient au commandement de leurs enseignants, gagnant un accès vers la salle de jeux et vers les bras de leurs mères. Les femmes se

conduisaient en parfaites épouses, occasionnelles, soumises et
gagnaient la présence de leurs biens le plus cher.
Julie avait bien compris le mécanisme de cette soumission
orientée. Elle avait fini par ouvrir les yeux. Ce prince charmeur
et non charmant, n'était qu'un habile manipulateur. Le
syndrome de Stockholm s'évanouissait, bientôt échangé contre
une animosité de plus en plus croissante.

Karim, l'ainé de Sophie, était un petit garçon empli de
tendresse. Il souffrait d'un manque d'affection chronique et
passait ses vendredis, accroché aux basques de sa mère. Il avait
aussi le rôle ardu de grand frère à assumer. Un emploi
démesuré pour sa délicate stature et surtout, un travail très
inadapté à sa personnalité. Les plus petits semblaient bien plus
durs, beaucoup plus forts et mieux armés pour affronter leurs
destins. Il y avait tant d'enfants, tellement de demi -frère et
sœurs que cela confortait Julie dans son désir de fuite.

Sophie conversait avec Karim. Les cris occasionnés par les
tous petits rendaient inaudible toutes conversations situées à
deux mètres au plus. Le vacarme dans la salle était accentué
par l'architecture. La hauteur des plafonds et l'absence
d'ouverture vers l'extérieur créaient un écho semblable à celui
d'une église. Julie surveillait les trois petits de Sophie, portant
un peu plus son attention sur Nassim, le benjamin de trois ans,
plus sujet aux chutes. Les deux petites ne se quittaient pas ce
qui lui facilitait la tâche. Elles étaient surnommées les jumelles
malgré leurs deux années d'écart d'âge. La plus petite, Yousra,
cinq ans était très athlétique au point qu'on aurait pu supposer
qu'elle était la plus âgée des deux filles. Julie jetait de temps à

161

autre, un coup d'œil par-dessus son épaule pour observer Sophie qui n'en finissait pas de causer.

L'après-midi passa.

Le soir venu, les enfants s'en retournèrent. Le sentiment mêlé de tristesse et de joie déchirait l'âme des mamans. La plupart se réfugiait dans leurs endroits pour s'affaler et oublier. Julie n'osait pas importuner son amie. Elle la savait abattu comme chaque semaine. Elle patienterait jusqu'au lendemain.

- « Je me doute que tu attends un état des lieux » lui dit Sophie en pénétrant dans l'endroit de Julie.

Cette dernière, surprise par l'arrivée inattendue de son amie ne répondit pas. Sofiane roupillait. Julie l'observait assise sur le rebord du lit. Ses pensées se perdaient dans les méandres de son esprit, le tout sous une lumière tamisée à très faible intensité.

- « Si tu veux, je reviens demain ! » proposa Sophie.
- « Non, non, entre et pardonne-moi. Je ne m'attendais pas à ta visite » répondit Julie.
- « Vraiment ? Etonnant ! Pensais-tu que je te laisserais sans information pour la nuit ? Je vais te dire ce que j'ai appris. » lui dit Sophie.

Julie se redressa et vint à la rencontre de sa sœur, qu'elle étreignit. L'accolade dura quelques instants.

- « Bon, ce que je savais, c'est que les gosses vivent dans un bâtiment juste à côté du palais. Karim me dit que lorsqu'ils sortent du harem, il y a une porte tout de suite à gauche. Il y a un petit couloir qui mène vers un escalier. Ils le prennent et arrivent au rez de chaussée du palais entre les cuisines et les vestiaires des employés. Ensuite il y a un grand couloir entre les deux qui mènent vers l'entrée de service du palais. C'est là où ont lieu les réceptions de marchandises ou les chargements. Après les gosses sortent et marchent vers leur bâtiment qui est à environ cent mètres. Karim m'a dit qu'il y a une longue route, au point qu'il n'a jamais vu le portail » expliqua Sophie.
- « Intéressant ! Il a vu beaucoup de gardes sur le parcours ? » questionna Julie.
- « J'ai pensé à lui demander. En fait, sur le chemin, il n'y a que les deux gardes près de notre entrée et un, à la porte d'entrée de service. Moi, je sais que la nuit, il n'y a qu'un garde devant notre porte en revanche en haut, aucune idée » répondit Sophie.
- « C'est bien tout ça ! » dit Julie.

Les deux femmes se dévisageaient dans la semi-pénombre de l'endroit. Le silence s'était installé. Julie reprit sa place sur son lit à proximité de son nourrisson. Sophie restait debout sans mot dire. Julie lui fit signe de s'approcher. Sophie vint s'allonger à ses côtés.

- « Tu es sûre de toi ? Ça fout les pétoches quand même ! » murmura Sophie.

- « Il n'y a rien de certain, si ce n'est que j'ai
  effectivement la trouille ! » dit Julie.

Sophie s'esclaffa de cette répartie.

- « Il est mignon ton petit » renchérit Julie.
- « Oui, il n'a même pas cherché à savoir pourquoi je le
  questionnais » affirma Sophie.
- « Le grand couloir, il est long comment ? » demanda
  Julie.
- « Il n'a que neuf ans. Il n'a pas su me dire. Long, c'est
  tout. » répondit Sophie.
- « Je pense qu'il doit s'agir de la même longueur
  qu'entre les cellules où j'ai séjourné en arrivant et le
  harem. Cela serait logique ! » en déduisait Julie.

Elle éteignit la veilleuse et plongea la chambre dans l'obscurité
totale.
Les deux jeunes femmes fermèrent leurs yeux comme pour
mieux réfléchir dans un silence de cathédrale.

Un peu plus tard, Sofiane réveilla Julie qui rêvait haut en
couleur. La mère tendit le sein nourricier à son bébé qui
s'empiffra goulument. C'est alors qu'une ébauche d'idée de
plan germa. La nuit portait conseil disait l'adage. A défaut de
conseil, elle reçue un concept. Le petit, repu, recouvra sa place
dans le berceau. Il s'était endormi sur le sein comme chaque
nuit. Julie se sentait oppressée. Elle peaufinait dans sa
conscience les détails d'un plan et concevait une stratégie pour
y parvenir.

L'idée était de faire en sorte que Sophie soit la préposée au prince la veille de son départ. Il fallait qu'à une heure précise, elle parvienne à endormir le prince avec un somnifère puis qu'elle sorte de la suite et vienne à la rencontre d'un garde en exigeant la présence de Julie à la demande du prince. A ce moment, Julie pénétrerait la suite et se cacherait sous le lit de la chambre ou dans une autre cachette. Sophie reprendrait sa place près du prince ni vu ni connu et tenterait de le réveiller à une heure avancée. Les deux quitteraient la suite au petit matin, laissant Julie dans l'appartement, en semi-liberté. La phase suivante qui consistait à s'extraire du palais en accédant aux escaliers sans être vu par le garde demeurait sans réponse. Des idées sans queue ni tête naissaient sans discontinuer dans l'imagination de la belle pour y pallier, toutes annihilée dans l'œuf car irréalisable. Julie se torturait les méninges. Être dans une autre pièce que le harem, seule, était déjà une forme de liberté. Rien que cette idée la motivait et la confortait dans sa démarche libératrice. Epuisée par autant d'effort intellectuel, elle finit par s'effondrer.

Les yeux piquaient à l'aube quand Sophie sortit Julie, des bras de Morphée pour pratiquer la prière de Sobh. Julie avait l'impression d'à peine avoir fermé les yeux. Elle s'extirpa difficilement du lit et les deux amies rejoignirent les autres femmes du harem comme chaque matin. Parler avec dieu avait un effet rédempteur pour Julie. Elle gardait espoir et lui confiait ses petits secrets. Ce matin, elle n'y était pas. Sophie le discerna. Elle lui fit remarquer alors qu'elle revenait vers l'endroit. Il ne fallait absolument pas éveiller le moindre soupçon et pour cela, il était nécessaire de ne rien modifier dans l'attitude et le comportement. Pourtant, Julie, trop perchée dans les nuages pouvait semer le doute. Sophie voulut en savoir un peu plus long et interrogea son amie.

- « Je pensais avoir trouvé un moyen pour m'enfuir mais je ne parviens pas à trouver le moyen d'échapper aux gardes ! » lui dit Julie, en réponse au questionnement.

Sophie lui demanda d'étayer et Julie, lui exposa son projet. A la suite de cela, la réponse de Sophie fut fracassante.

- « Mais il est hors de question que je drogue Nasser. Tu es complètement folle si tu crois que je vais me laisser embobiner là-dedans ! Il y a surement une autre solution. Il te faut continuer à chercher »

Julie marqua le pas et accepta la critique de son amie.

- « Après si tu parviens dans la suite sans qu'on te remarque, tu peux peut-être réussir à te glisser dans le monte-plats qui mène aux cuisines. » enchaina Sophie.
- « Il y a un monte-charge dans la suite du prince ? » demanda Julie, surprise.
- « Pas un monte-charge, un monte-plat. Tu n'as jamais vu Abdelkrim l'utiliser ? » questionna Sophie.
- « Ah non ! Sincèrement, je n'ai jamais fait attention. En fait, Abdelkrim amène le diner mais je pensais qu'il repartait avec. Mais où se trouve-t-il ? » demanda Julie.

- « Il y a une petite servitude tout de suite à droite en entrant. Dedans, il y a le monte-plat, quelques produits ménagers, un balai, un seau et des draps, je crois » répondit Sophie.
- « Il ne me reste plus qu'à trouver comment me glisser sans être vue dans la suite ! » dit ironiquement Julie.
- « Oui mais en plus, ce n'est vraiment pas certain que tu puisses te glisser dedans, c'est vraiment minuscule et puis en haut, il y'aura un garde. Le monte-plat fait peut-être du bruit et même si tu arrivais à passer tout ça, tu irais où après ? » interrogea Sophie.

Julie ne put répondre. La rage commençait à poindre. L'enfermement avait un effet dévastateur sur son esprit. Elle envisageait même un instant d'avorter volontairement une tentative d'évasion dans l'espoir d'être vendue et de pouvoir quitter le harem. En pleine confusion, elle s'effondra. Sophie l'enlaça et la réconforta.

16

Quelques jours plus tard.

Julie observait son fils qui semblait apaisé. Les yeux fixés sur son ange, elle luttait contre le sommeil, délibérément, depuis quarante-huit heures. Des poches disgracieuses s'étaient immiscées sous ses orbites. Son teint blanchâtre l'enlaidissait. Elle éprouvait une souffrance indescriptible dans sa joute contre l'assoupissement mais celle-ci était nécessaire. Les mouvements se faisaient rares comme pour économiser la moindre énergie. Seul l'esprit semblait s'être raccordé à une source dont les réserves s'amenuisaient. Il y avait toujours ce problème de conscience au sujet de Sofiane. L'amour pour son enfant la tourmentait. Le bébé était sur terre sous ses soins et cette responsabilité lui tenait à cœur. Plus il grandissait, plus elle s'attachait à lui. Julie savait qu'on lui enlèverait lorsqu'il atteindrait trois ans et elle ne se sentait pas prête à vivre pareil drame.

A l'aube, épuisée, elle se rendit à la prière de Sobh. Ima remarqua immédiatement son teint livide et son manque d'allant. Alors que les autres filles regagnaient leurs pénates, Ima harangua Julie. Le prince avait manifesté l'envie de la voir avant son départ pour la France. Il paraissait impossible, dans l'état actuelle des choses, de pouvoir présenter la belle au souverain.

- « Que t'arrive-t-il ? » demanda Ima, l'air soucieuse.
- « Je n'ai pas dormie depuis deux jours, je souffre d'insomnie » lui répondit Julie.
- « D'accord. On va s'occuper de ton petit pour que tu puisses te reposer » lui proposa Ima.
- « Non, ce n'est pas utile, le petit fait ses nuits. J'aurai plutôt besoin de somnifères. » contra Julie.
- « Je vais te faire préparer une infusion avec des plantes. Un remède de grand-mère qui fonctionne à merveille » enchaina Ima.
- « Non, non, non, ça ne marchera pas. J'ai déjà eu ce problème par le passé. Il me faut juste quelques somnifères pour m'assoupir » insista Julie.

Ima parut suspicieuse. Elle dévisageait Julie qui s'embrasait. La fatigue alliée au stress du mensonge en cours la fragilisait. Elle sentait ses jambes cotonneuses tenter de se dérober sous son poids. Des petits moucherons vinrent noircirent sa vision. Soudainement, elle s'affala. Ima accourue à son secours. Julie, au bord de l'épuisement, reprit conscience immédiatement, à terre. Le petit malaise créa une situation inattendue. Ima redressa Julie et sortit de la salle, laissant la victime esseulée. Julie n'eut qu'à peine le temps de s'en rendre compte. Une servante vint vite à la rescousse. Elle parlait un patois indéchiffrable. La servante s'agaça d'être incomprise. Elle enserra Julie et l'aida à se redresser puis les deux prirent la direction de la porte d'entrée du harem. Une fois arrivée près de l'exutoire, la servante frappa contre la grosse porte. Après quelques secondes, l'issue s'ouvrit. Le garde en faction ne pénétra pas les lieux, se contentant d'attendre dans la limite autorisée que les deux femmes s'extraient du gynécée. Julie feignait un malaise à peine eut elle franchit l'accès. Elle s'effondra astucieusement. Le garde s'affolait et hurlait sur la servante qui paniquait. Les deux étaient seuls dans l'immense couloir. Julie observait l'œil plissé. Elle était étendue sur le flanc entre le carrelage et une cornière qui lui martyrisait les cotes. La servante tentait de la relever alors que le garde courrait ouvrir la salle du docteur situé une trentaine de mètres en direction des cellules. Julie discerna la porte qui menait vers les escaliers. Contrairement aux fois précédentes où elle rejoignait le prince dans sa suite sous bonne escorte, elle ne baissa pas les yeux et en profita pour photographier par l'esprit tout ce qu'elle put voir.

Brusquement, la porte des escaliers s'entrouvrit. Le docteur du palais apparut suivi par Ima qui referma l'issue. Julie eut le temps de constater que personne d'autre ne se trouvait à l'extérieur. Ima possédait un pass pour ouvrir ses portes. Julie allait devoir se montrer convaincante auprès du docteur pour obtenir ce qu'elle désirait. Ce dernier semblait tout droit sorti de son lit. Il n'avait vraisemblablement pas dû se réveiller pour assister à la prière du matin. Les cheveux en bataille sans couvre-chef, la chemise blanche traditionnel non boutonnée au col, des sandalettes d'intérieur dévoilant d'énormes doigts de pieds poilus, il s'irritait de la situation. Il ordonna aux femmes d'accélérer le pas.

Dans le cabinet du médecin, Julie ne se résigna pas. En regardant le toubib droit dans les yeux, elle lui avoua souffrir d'insomnie et insista sur le fait que le phénomène s'était accentué ces derniers jours. Le docteur évoqua rapidement la possibilité de trouver le sommeil grâce à des infusions, balayée d'un revers de la langue en un éclair par Julie. Elle profita de l'empressement du médecin pour aller droit au but, invoquant la chronicité de ses maux. Le docteur ne pratiqua aucun examen. A peine assit, il se leva, se dirigea vers une armoire, en déverrouilla une de ses portes et en extrayait un flacon vert qu'il confia à Ima.

- « Vous lui en donnez un quart avant de dormir chaque soir mais pas plus » insista-t-il en raccompagnant les trois femmes vers l'issue de son office.

Avant de regagner le harem, Julie dévisagea le garde en poste qui baissa les yeux devant elle, fortement gêner par l'audace de l'ingénue. Le mastodonte était armé d'un sabre fixé à son ceinturon.

Ima raccompagna Julie jusqu'à son endroit. Sophie les attendait. Elle n'avait pas vu revenir son amie et surveillait Sofiane. Ima lui demanda de veiller sur le petit le temps pour Julie de récupérer. Elle sortit de sa manche le flacon remplit de somnifère. Julie demanda l'autorisation de contrôler le produit prétextant une allergie à certains médicaments. Ima ne se méfia pas et lui tendit la fiole. Julie lâcha le flacon qui déversa son contenu à même le sol. Ima hurla, ce qui réveilla instantanément le petit Sofiane. Julie et Sophie se précipitèrent au sol pour ramasser les cachets disséminés un peu partout. Ima n'eut d'autres choix que de s'occuper de l'enfant en pleur. Les femmes replacèrent à la hâte, une partie des cachets dans le flacon qu'elles tendirent à Ima. Cette dernière l'échangea contre le moutard qui piaillait. La vieille femme tenta vainement de s'en aller. Julie l'arrêta dans sa course, réclamant son somnifère. Ima se fixa, ouvrit l'opercule du flacon, attrapa un cachet prédécoupé en quatre, qu'elle sectionna illico et le tendit à Julie avant de pouvoir, enfin, vaquer à ses occupations. Sophie fit un clin d'œil à son amie. Elle avait pu subtiliser cinq comprimés à l'œil et à la barbe de la matrone. Julie, pour sa part, en avait fauchée quatre plus le quart tendu par la gouvernante. La récolte avait été un réel succès. Sophie offrit son butin à sa comparse qui les plaça dans un petit étui.

-   « Je vais les transformer en poudre » dit Julie.
-   « Je me doute bien » répondit Sophie avant d'enchainer.
-   « Aller, maintenant c'est dodo ma petite »

Julie approuva et se mit au pieu sans broncher. Elle s'endormit en un clin d'œil.

Plusieurs jours passèrent.
Julie continuait son petit manège. Elle était devenue la reine de la comédie. Elle s'était fixée comme objectif d'être la dernière vue par le prince avant son départ pour espérer pouvoir tenter

quelque chose. Pour retarder l'échéance et bouleverser le calendrier des visites princières, elle s'efforçait de réduire son sommeil au minimum, ne se maquillait plus et ne se nourrissait qu'avec parcimonie. Ima n'avait donc guère le choix en préparant la promise du soir. Julie avait fait la promesse à Ima qu'elle serait prête la veille du départ du prince. Ce dernier réclamait avec véhémence la visite de sa jeune française. Tout se goupillait donc pour le mieux !

Julie avait quelque peu délaissé son fils ces derniers jours. Elle se contentait de le nourrir mais ne manifestait plus de signe d'affection pour ne pas reculer le cas échéant. Sophie prenait le relais tendresse. Elle n'appréciait guère de voir son amie abandonner le petit. Malgré tout, elle admirait le courage déployé. Elle aurait aimé dans ses plus jeunes années être cette rebelle capable de tenter de se faire belle ou même simplement d'y songer !

Le risque était si grand qu'elle en frémissait au simple fait d'y cogiter. La détermination de Julie paraissait sans faille. Elle comprenait la souffrance endurée des afro américains, enlevés à leurs patries, à leurs familles et traiter comme de vulgaires bêtes de somme. Cela dit, dans son malheur, elle reconnaissait avoir eu de la chance. Le prince était un homme éduqué, charmant et sans violence. Ses condisciples étaient devenues plus que des amies, elles étaient ses sœurs. Le personnel du gynécée personnifiait la gentillesse. C'est en cela que la décision de tenter de s'évader semblait énigmatique pour Sophie. La liberté plus forte que la vie, la liberté ou la mort !

Les conséquences d'un échec seraient périlleuses. Elle perdrait son enfant, ses amies, sa semi-liberté. Elle quitterait sa prison dorée pour le bagne, le couloir de la mort, peut-être même

l'enfer des lupanars où elle servirait de paillasson à des dizaines de porcs infidèles, crasseux et violents ! Pourtant la perspective d'un tel scénario lui semblait anodin comparé à la lâcheté de ne rien tenter.
Ne valait-il pas mieux avoir des regrets plutôt que des remords ?

Julie s'imaginait le scénario de son évasion.
La veille du départ du prince, le jour J, le plan de bataille serait simple. En premier lieu, passage par le hammam. Frotter au gant de crin son corps pour que la peau soit aussi douce que de la soie. Accompagnée d'une servante, l'épilation au sucre sur l'ensemble du corps serait suivie d'un rafraîchissement dans les bains tièdes. Puis un massage du corps à plusieurs mains aux huiles essentielles pour adoucir le cuir et le parfumer. Enfin séance de maquillage et coiffage avant d'enfiler une robe de haute couture comme emballage attrape cœur.
Juste avant de prendre la direction de la suite princière, Julie prétextcrait une envie insupportable d'uriner. Elle se rendrait au WC à proximité où elle aurait préalablement caché, un petit sachet contenant de la poudre de somnifère qu'elle dissimulerait en face avant dans sa culotte ainsi qu'un collant ou fuseau opaque plié et d'un tee shirt noir, le tout compressé au maximum. Elle plaquerait minutieusement sur ses fesses, emmailloté dans sa lingerie fine, cet ensemble. Cela aurait comme incidence, une faible augmentation du volume de son fessier. A ce moment, Julie reprendrait sa place dans le cortège en direction de l'issue du harem, sous la conduite d'Ima. Un coucou et un clin d'œil à Sophie, l'œil humidifié par l'émotion, elle quitterait définitivement le sérail. Une courte marche dans

le couloir et l'entrée dans la suite, théâtre du début des hostilités.

Dans l'attente de la venue du prince, Julie insisterait auprès d'Ima pour se rafraichir, arguant ne pas avoir pu se nettoyer l'entre jambe. Ima accepterait sans nul doute l'argument. Julie se débarrasserait du fuseau qu'elle camouflerait sous les toilettes princières. Le prince arriverait et Ima se retirerait. La soirée débuterait. Julie s'appliquerait à séduire Nasser. Durant le repas, elle se rapprocherait du prince en quittant son siège et tenterait de le distraire avec ses arguments mammaires qu'elle frôlerait sur son visage. Le monarque s'enflammerait évidemment et Julie en profiterait pour l'attirer dans la chambre. Elle exigerait du prince qu'il s'allonge sur le matelas et entamerait un striptease endiablé. En sous vêtement, elle partirait remplir deux coupes de champagne que le prince quémande avant chaque rapport avec la belle comme un rituel. Elle profiterait de ce moment pour déverser la poudre de somnifère. Les amoureux trinqueraient, boiraient et sans nul doute, copuleraient. Le prince serait pris d'un petit malaise. Julie insisterait pour lui dire qu'elle repartirait au harem. Le prince devrait être persuadé que Julie serait rentrée au bercail ! Une fois le monarque parti dans les bras de Morphée, il faudrait agir vite, avec discernement et pragmatisme. Première étape, enfiler une tenue adaptée à une évasion. Le fuseau noir et le tee shirt pour un déplacement sans bruit et un camouflage adapté à la pénombre. Il faudrait utiliser un voile noir pour couvrir ses mèches blondes. A la manière d'une contorsionniste, se glisser dans le monte-charge en ayant bien pris le soin d'appuyer sur le bouton avant de refermer la porte de l'intérieur.

Ensuite tout n'était que pur fantasmagorie et imagination. Julie se

voyait atterrir dans les cuisines. Elles les imaginent ressemblant à celles de palaces parisiens. Un carrelage blanc agrémenté de mobilier argenté rempli de matériel clinquant, brillant en inox et cuivre. Une petite loupiotte au-dessus de l'issue de secours maintiendrait un minimum d'éclairage dans la pièce. Julie s'extrairait du monte-charge et se faufilerait sans bruit comme une anguille vers la sortie. A l'extérieur, le couloir serait plus largement éclairé. A sa droite, elle devinerait l'accès au palais. A gauche, elle discernerait la sortie des employés. Elle longerait le mur, accroupie, pour éviter d'être repérée. Une porte en verre comme une issue de secours basique marquerait la fin du palais. Dans la plus grande discrétion, elle l'ouvrirait et se glisserait à l'extérieur. Dehors, attendraient les véhicules du prince et de sa cour. Une camionnette remplie de bagages princiers s'y trouverait. Julie y pénétrerait et se cacherait dans une de ces malles où elle attendrait le départ vers l'aéroport. Au matin, le prince se réveillerait en catastrophe. Conscient de son retard, il partirait avec empressement. Une petite voix le tranquilliserait sur le retour de Julie au harem. Au cas où, il questionnerait le gardien au passage. Il est fort probable qu'il y ait eu relève comme chaque matin à l'aube et qu'aucune réponse ne puisse être donnée. Les bagages seraient depuis l'aube dans les entrailles de l'avion royal et Julie prierait pour son salut. Puis après une attente interminable, l'avion décollerait en direction de Paris avec à son bord une passagère clandestine. Il est possible qu'avant l'atterrissage de l'appareil, Ima se soit aperçue de l'absence de Julie mais rien n'est moins sûr ! Sophie noierait surement le poisson

Sur le tarmac du Bourget, des véhicules protocolaires attendraient la famille princière. Les premières automobiles convoieraient leurs précieux colis avant qu'une camionnette ne charge les bagages. A ce moment, Julie s'extirperait de la malle et sortirait du véhicule lors d'un ralentissement. Puis elle se rendrait au premier poste de police qui constaterait les faits et préviendrait ses proches. Dans ses rêves, Julie délivrerait Sophie, les enfants et ses compagnes captives. Il fallait garder espoir et toujours y croire. Ne plus rêver en reviendrait à ne plus espérer et Julie ne pouvait l'admettre. En réalité, intérieurement, elle se sentait transi d'effroi. Cela avait dû être le cas de la jeune Léa, en Afrique !

Le courage n'est courage que lorsque la peur est présente. Sans peur, il y a déraison et la déraison conduit à coup sûr à l'échec. Julie avait les cartes entre ses mains, il était toujours possible de faire machine arrière. Le moment de vérité approchait.

Sophie passait presque tout son temps auprès de Sofiane qui ne se doutait de rien. Julie méditait à longueur de journée. Elle passait ses dernières journées dans le mutisme le plus total, perchée dans ses pensées, perdue dans le plus vaste et plus petit terrain de jeu, placé entre ses deux oreilles.

17

Julie était assise au bord du lit. L'aube venait de poindre.
Sophie, qui venait chercher son amie pour la prière, n'osa pas
la sortir de sa méditation et tourna les talons, presque déçue. La
sportive cherchait au fond d'elle, le chemin idéal. Le jour J
était arrivé. Il n'y aurait peut-être plus jamais d'autre
opportunité ! La liberté était sujette à beaucoup de sacrifice. La
peur ne l'étreignait plus. Une sorte de dégout intérieur, bien
plus traumatisant, la déchirait. Abandonner son enfant semblait
être un acte d'un infini égoïsme. Julie savait qu'elle priverait le
petit ange de son repère fondamental et malgré, l'absolue
certitude de la légitimité de sa cause, elle sentait apparaitre au
fond de ses entrailles, une hésitation.
Elle avait ressenti la présence de Sophie sans pour autant le lui
faire savoir. Dans sa bulle, elle se concentrait. Des pour et des
contres venaient assommer son hypothalamus déjà fort
éprouvé. Malgré cela, une petite voix lui commanda de se lever

et de rejoindre sa complice. Sensible à ses signes, Julie se dressa d'un coup et, le pas rapide, rattrapa Sophie.
Elle l'empoigna délicatement et se blottit dans ses bras.

- « Je sais que tu es tourmentée mais je suis là. Tu as pris ta décision et même si je trouve que c'est fou, je te soutiens. Tu devrais passer tes derniers moments parmi nous à en profiter » lui chuchota Sophie.
- « Excuse-moi. C'est tellement dur pour le petit, ma tête est sur le point d'imploser » répliqua Julie l'air désabusée.
- « Ne t'en fais pas. Si tu pars, je serais là pour lui comme une mère et si tu restes, je serais là pour toi comme une sœur ! » insista Sophie.

Julie se contenta d'un hochement de tête approbatif pour remercier son amie. Elle savait Sofiane en excellente main, seulement rien ne disait que le prince n'aurait pas contre l'enfant, un désir de vengeance ! Toutes ses questions martelaient l'imaginaire de Julie qui ne parvenait pas à couper ce flux intarissable.
La prière passée, Julie retrouva Sofiane dans son endroit. Le petit mignon gazouillait en attendant sa maman. Emue, elle l'agrippa et le serra contre sa poitrine. Le petit cherchait la tétine. Julie l'enlaçait avant de s'étendre sur le flanc. Le petit, rasséréné éructa et s'endormit au creux des bras rassurant de sa créatrice. Julie l'observait dans la pénombre. Elle fleurait sa chaleur et son expiration rapide. Quelques larmes coulèrent sur ses joues.

Pourquoi la liberté lui coutait-elle si chère ?

Le regard fixe, la maman finit par s'assoupir près de son poupon.

Ragaillardit par le sommeil, Julie s'éveilla quelques heures plus tard. Sofiane gigotait dans son couffin en silence. Sophie était à ses côtés, à la fois à surveiller le nouveau-né et comme la protectrice de sa petite sœur. Julie esquissa un sourire en l'apercevant. Sophie lui adressa un petit clin d'œil complice. Julie se leva et se dirigea vers une malle qu'elle ouvrit. Elle déplaça quelques linges avant d'enserrer un paquet plastifié. Elle le montra à Sophie qui s'interrogeait. Puis elle le glissa son pantalon de pyjama et l'installa dans sa culotte. Sophie écarquillait exagérément les yeux tant elle fut surprise par la scène.

- « Est-ce que tu trouves que c'est visible ? » demanda Julie à son amie.
- « Non mais tu es sérieuse là ? » répondit Sophie abasourdie par la question.
- « Oui, je suis sérieuse. S'il te plait répond moi, c'est vraiment important » demanda Julie en s'agaçant.
- « Franchement ça se voit et puis, ça doit faire du bruit quand tu marches. Vas-y, marche pour voir ! » enchaina Sophie.
- « Je m'en doutais. Putain, c'est foutu… » dit dépitée Julie.
- « Non mais vas-y ma belle marche pour voir ! » demanda Sophie.

Julie s'empressa d'accéder à la demande Sophie et fit quelques pas.

- « Tu devrais laisser tomber, ce n'est pas très au point ton truc. Au fait qu'y a-t-il dans ce sac plastique ? » interrogea Sophie malicieusement.

Julie se débarrassa du paquet qu'elle projeta en direction de Sophie. Cette dernière reçue le colis en plein visage. Cela déclencha une liesse commune. Sophie ouvrit le paquet les larmes aux yeux. Elle y découvrait le fuseau et le tee shirt noir qui devait servir de vêtement d'évasion.

- « Mais pourquoi tu veux emmener ça dans ta culotte ? » demanda-t-elle intriguée.
- « Ben je ne me vois pas me faufiler dans le monte-charge dans une robe de chez Chanel ! » répondit Julie sarcastiquement.
- « Oui, c'est sûr mais tu n'as qu'à t'habiller dans une tenue qui pourra te servir pour tout » lui proposa Sophie.
- « Mais j'ai toujours vu le prince en robe de soirée ! Je pense que c'est cela qu'il attend de moi. » répondit Julie.
- « Non, je ne crois pas. Je sais qu'il aime être surpris. Il adore Catherine Zeta Jones, il me l'a dit une fois. Il l'a adoré dans le film soleil levant. Elle jouait le rôle d'une voleuse… »

- « Oui je l'ai vu » coupa Julie avant que Sophie n'enchaine.
- « Ok. Tu vois, le prince, il adore quand elle est habillée avec un fuseau noir moulant, un haut noir moulant aussi. Toi, tu n'as qu'à rajouter quelques colliers et bracelets et le tour est joué. »
- « Dommage que je ne puisse pas emmener mes baskets » lança Julie.

Les deux jeunes femmes se remirent à rire à gorges déployées. Julie valida l'idée de son amie, ce qui l'a conduit à révéler son plan brinquebalent. Sophie l'écouta sans l'interrompre. A l'issue de cette révélation, Sophie fit part de son ressenti.

- « Honnêtement, personne ne sait ce qu'il y a au-delà du harem. Tout n'est qu'imagination. Une seule chose est sure, c'est que dès que tu auras quitté la suite du prince, tu ne pourras plus faire marche arrière. Réfléchie bien à ça avant de te lancer ».
- « Oui, on verra ce soir ! J'ai une question à te poser » demanda Julie.
- « Je t'écoute » répondit Sophie.
- « On n'en a jamais discuté mais si d'aventures, je parvenais à m'échapper. Est-ce que tu veux que j'avertisse ta famille ? » demanda Julie.
- « Mais tu ne connais même pas mon nom de famille ! » lui lança Sophie.
- « C'est vrai mais tu vas me le communiquer » répliqua Julie.

Un court moment de silence vint interrompre le dialogue. Sophie se figea et s'interrogea.

- « C'est une décision vraiment lourde de conséquence, tu sais. Mes parents ont peut-être fait leur deuil et si tu leur dis que je suis là quelque part, enfin, ils vont passer le reste de leur temps à chercher à me faire sortir et moi, je ne veux pas. »
- « Tu ne veux pas ? » questionna Julie.
- « Mais je ne pourrais jamais partir sans mes enfants, ça serait comme me tuer ! » dit Sophie les yeux embués.

Julie ne trouvait rien à redire et se contenta de passer sa main sur la joue de son amie.

- « Mon nom de famille, c'est Moreau, Sophie Moreau. Mes parents vivent à Caluire dans la banlieue de Lyon. Si tu rejoins la France, dis-leur que je vais bien, que j'ai des enfants et que je veux rester près d'eux. Rassure-les, pour qu'ils reprennent le cours de leurs vies. Voilà ce que tu faire pour moi ! » demanda Sophie, presque haletante.

Julie entérina le choix de son amie. Elle prit Sofiane dans ses bras et lui donna le sein sous les yeux attendris de Sophie.

Comme convenu, Julie passa une partie de sa journée à se pomponner. Tout d'abord dans les bains chauds du hammam où une séance au gant de crin l'attendait. S'en suivit masque de beauté du corps et du visage puis massage aux huiles essentielles et enfin séance de coiffage, interminable ! Durant ce temps, la belle méditait. Elle concentrait ses pensées sur la respiration et l'effacement de soi. Sophie gardait Sofiane. Julie les apercevait quelque fois au détour d'un regard. Les deux n'étaient jamais bien loin comme pour continuer d'exister. Julie refermait ses globes et se replongeait dans son autisme. L'échéance approchait à grand pas.

Julie enfila sa tenue d'apparat. Elle n'attendait plus que la gouvernante. Celle-ci s'était montrée discrète toute la journée, laissant à Julie toute liberté d'action.

-   « Vous êtes vraiment splendide ce soir, mademoiselle ! » lui dit-elle en l'apercevant.
-   « Croyez-vous que le prince appréciera ma tenue ? » se risqua à questionner Julie.
-   « Oh oui, vous pouvez en être certaine. Comment ne pourrait-il pas l'aimer ? » répondit la préceptrice avant d'enchainer.
-   « Le fuseau est assez osé mais je sais le prince friand de ses petites fantaisies »

Julie fixa Sophie qui se trouvait à proximité avec Sofiane. Sophie fit un mouvement d'épaules et de tête qui signifiait qu'elle était dans le vrai concernant la tenue et Julie lui adressa un clin d'œil en guise de remerciement.

-   « Bien. Vous êtes prête pour votre prince et je vous félicite. Je vais vous escorter jusqu'à sa suite » annonça Ima.

- « Pouvez-vous me laisser un instant avec Sophie et mon fils ? » demanda Julie.

La gouvernante se retira sans se faire attendre. Sophie se jeta dans les bras de son amie et l'enserra vigoureusement.

- « Ne t'en fais pas ! » lui dit Julie aux bords des larmes.
- « Ne pleure pas ma belle sinon la vieille va se douter de quelque chose ! Ne prend pas de risque. Quoi qu'il arrive, tu as une famille qui t'attend ici ! » répondit Sophie.

Julie hochait de la tête et serrait les dents. Elle n'osait pas regarder Sofiane de peur de s'effondrer et sortit sans se retourner.

Le sachet de poudre de somnifère était bien dissimulé dans ses sous-vêtements. Elle était vêtue pour l'occasion d'un fuseau noir moulant surmonté d'un bustier noir laissant apparaitre sa généreuse poitrine. Chaussée d'escarpins à talons hauts noirs, elle semblait avoir des jambes d'une infinie longueur. Une ceinture dorée clinquante ornait la taille de la belle. Quelques joailleries dorées agrémentaient ses poignets, oreilles et cou, dans un registre identique.

Rapidement, les deux femmes arrivèrent devant l'issue du harem. Lorsque la porte s'entrebâilla, Julie se retourna comme pour consigner l'endroit. Puis elle s'engouffra dans la brèche accompagnée de son entraineuse.

Il y avait deux gardes devant la porte. Julie baissa les yeux. Un des hommes accompagnèrent les femmes devant l'entrée de la suite.

Ima ouvrit l'antre où Julie s'engouffra.

18

A peine fusse-t-elle entrée dans la suite princière, que Julie
examina la porte de la remise située près de l'accès. Son
rythme cardiaque s'était accéléré. Elle sentait l'adrénaline
transpirer dans ses veines et s'impatientait. Le prince allait
arriver d'un instant à l'autre. La curiosité l'emportait malgré
tout. Elle enserra la poignée de la porte de la remise pour
l'investiguer.
Malheureusement, le local était verrouillé. Ima ou Abdelkrim
devait avoir les clés, il fallait patienter. Julie rejoignit le salon
où elle s'installa en attendant le prince. Le stress était palpable.
Elle allait devoir bien cacher ses émotions.

Quelques instants plus tard, le souverain arriva. Julie qui avait
entendu la porte s'ouvrir, se leva pour l'accueillir. Nasser
sourit en observant sa promise du soir.

- « Ma chère, vous êtes particulièrement délicieuse ce soir » se risqua-t-il à dire.

Julie feint d'apprécier. Le prince l'interrogea sur ses petits soucis de santé. Julie le rassura immédiatement. Le bellâtre était tout sourire devant tant de beauté. Julie prenait des poses sensuelles pour l'aguicher.

- « Demain, je me rends à Paris pour une visite d'état. Puis je me permettre de vous ramener un présent ? » demanda-t-il.

Julie ne répondit pas. Cela étonna le prince qui insista.

- « N'y a-t-il rien qui vous ferait plaisir ? »

Julie s'imagina lui répondre de l'emmener avec elle ou de lui rendre sa liberté mais elle renonça malgré l'envie, de peur de le froisser.

- « Non, à vrai dire, je n'ai besoin de rien. Je vous laisse choisir » dit-elle innocemment.
- « Bien, ce sera donc une surprise. Dinons, si vous le voulez bien » enchaina-t-il.

Le prince accompagna Julie vers la table céleste et l'invita à s'installer. Julie lui adressa un petit baiser en guise d'amuse-gueule avant de s'asseoir. Le bougre resta sans voix, séduit par sa belle captive.

Abdelkrim fit son apparition. Il vint saluer le maitre des lieux avant de rendre ses hommages à Julie. Elle ne l'avait plus revu depuis des lustres. La connivence ne s'était pas estompée. Tous deux se comprirent d'un regard. Le majordome partit déverrouiller le local et revint après quelques secondes, avec les entrées du soir. La partie commençait. Julie avait bien du mal à se nourrir tant son estomac semblait ulcéré. Il ne fallait pas qu'Abdelkrim referme la remise après le diner. Cela pourrait être un grain de sable fatal au plan !

Le prince s'enquérait de nouvelles de son énième rejeton. Julie détailla. Le séducteur tentait un rapprochement par la filiation et Julie, avait bien compris le mécanisme. Elle jouait le jeu ce qui l'arrangeait, également ! Le diner avançait. Julie observait Abdelkrim, se demandant de quelle manière, elle pourrait lui subtiliser les clés du local. Les toilettes se trouvaient être à l'opposé de l'entrée. Impossible de prétexter une quelconque envie, cela n'était pas la solution. Elle allait devoir patienter. Julie continua de faire monter la température. Ses regards langoureux évocateurs finirent par avoir raison du prince avant la fin du repas. Il prit congés d'Abdelkrim qui manifesta un cours instant. Le prince coupa court à toutes velléités et exigea qu'on le laisse seul avec son invité.

Les assiettes à dessert encore rempli d'entremet trônait au centre de la table. Enfin seul, le prince s'approcha de Julie qui récoltait ce qu'elle avait semé.

-   « Je n'en peux plus. Je vous veux maintenant » lança
    Nasser.

Julie s'en amusa.

- « Je vous assure de mon plus grand respect mais vous m'avez trop manqué » enchérit-il.

Julie se leva et d'une démarche charnelle, attira le prédateur derrière elle vers la chambre de la suite. Le prince perdait son flegme habituel.

Julie prit une pose cambrée sur le lit. A quatre pattes, elle se mouvait très doucement, en prenant bien soin de faire admirer sa croupe rebondie, bien sertie par le fuseau noir. La lumière à intensité modérée se mariait idéalement au scénario. Nasser observait le spectacle presque bouche bée. Il sentait une chaleur insoutenable l'envahir et ne se contenait que par courtoisie. Julie stoppa nette sa progression et appela le malheureux avec un signe de l'index. Le prince ne demanda pas son reste et accourut vers la tentatrice. Julie l'empoignait avec vigueur et le fit rouler jusqu'au milieu du lit dans un mouvement rotatif semblable à une prise de judoka. Elle installa un coussin sous la tête du monarque et se dressa face à lui sur le lit. A cet instant, elle commença à dodeliner langoureusement. Elle dégrafa ses talons qu'elle expédia au milieu de la pièce sans ménagement à la manière d'un gardien de but dégageant le ballon. Puis, bien plus à l'aise, elle se lança dans une chorégraphie érotique inédite.

Comme attendu, le prince la stoppa dans son élan, réclamant sa coupe de champagne pour assister au spectacle. Julie ne se fit pas prier et accéda à sa demande manu militari.

Une bouteille de champagne attendait sagement sur un chariot dans son seau argenté. Deux petites flutes se trouvaient à proximité. Julie se sentait angoissée. Il lui fallait faire vite. Rapidement, elle extirpa de sa cachette la poudre de somnifère, s'empara de la roteuse qu'elle décapsula vitesse grand v et remplit les deux calices. Elle regarda derrière son épaule avant de déverser son anesthésiant dans la coupelle de Nasser. La poudre avait du mal à disparaitre. Le prince patientait sans rien dire. Julie commençait à s'agacer et tentait de faire disparaitre les traces de poudre sur les contours du verre. Elle empoigna le verre du prince dans la main droite et prit le risque de retourner dans la chambre malgré les marques. La démarche chaloupée, Julie rejoignit Nasser qui attendait sagement au milieu de la strate. Elle le fixa intensément du regard au point que ce dernier ne puisse plus se détacher de ses sphères ensorcelantes. Julie porta sa flute vers ses lèvres pulpeuses qu'elles entrouvraient délicatement pour s'abreuver du précieux liquide. Le prince, à la limite de la suffocation, l'imita sans attendre et bu une grande rasade de champagne. Julie redémarra sa danse. Tout en se trémoussant, elle dégrafait son corsage qu'elle laissait tomber à même ses pieds. Les deux mains sur la tête, elle se caressait les cheveux. Puis elle détacha son soutien-gorge d'un claquement de doigt, laissant apparaitre deux gros seins volumineux. Le prince dû à nouveau se rincer le gosier pour atténuer l'embrasement qui continuait de le consumer. Julie s'aperçut que le verre du prince se tarissait. Elle s'approcha du lit, fixa le prince du regard puis se retourna à cent quatre-vingts degrés et fit glisser son fuseau le long de ses jambes tendues. Devant ce spectacle, le prince termina d'avaler le contenu de sa flute et saisit Julie par les hanches. Ils consommèrent.

Nasser s'était endormi quelques secondes après l'acte. Le cœur de Julie semblait vouloir s'échapper de sa poitrine. Elle semblait prise dans la tourmente comme si rien n'était préparé, comme si elle était étonnée que cela ait fonctionné. Le temps était compté à partir de cet instant. Julie se remobilisa. Elle se rhabilla rapidement. Au pas de course, elle s'approcha de la remise. La porte était ouverte. Elle y entra. Tout était conforme à la description faite par Sophie. Il y avait bien un monte-plat mais il paraissait tellement petit que cela intimida Julie. Le mal était fait. Le prince avait été drogué. Julie ne pensait plus pouvoir faire machine arrière. Elle ouvrit le monte-plat et examina le fonctionnement. Il lui parut impossible de s'y engouffrer. Elle ruminait. Elle restait coincée sur la ligne de départ ! Elle ressortie du local en s'agitant. Elle mimait des hurlements en silence. Soudain, elle eut l'idée de fouiller les poches du prince. Ce dernier pionçait comme un nouveau-né. Julie découvrit un Smartphone dans une de ses fouilles. Elle le déverrouilla. Il y avait du réseau malgré l'enfouissement. Elle composa l'indicatif zéro, zéro, trente-trois, suivit du numéro de téléphone fixe de ses parents puis appuya sur envoi. Le téléphone se tut. Durant plusieurs secondes, aucun son n'apparue. Julie se crispait.

Une tonalité lointaine émergea, puis une seconde, une troisième, une quatrième, avant qu'un message d'accueil de répondeur ne sonne le glas de toute espérance. Au bip, Julie se lança.

- « *Bonjour maman, bonjour papa. C'est Julie, je suis en vie. J'ai été kidnappé il y a plus d'un an à Paris. Aujourd'hui, je suis prisonnière d'un harem dans un*

émirat arabe, je ne sais pas où exactement. Si vous avez
ce message, sachez que je vais bien et que je ne suis pas
seule. Il y a une française avec moi qui s'appelle
Sophie moreau de Caluire. Elle est là depuis plus de dix
ans, si vous pouviez rassurer sa famille, ça serait bien.
Sinon, sinon ! Oui, le prince qui nous retient s'appelle
Nasser. Il vient en visite officielle à Paris demain. Si
vous pouvez faire quelque chose, c'est maintenant.
Surtout n'appelez pas sur ce portable, il appartient au
prince. Je risque ma vie en vous appelant. Maman,
papa, je vous aime... »

Julie raccrocha. Elle trifouilla le Smartphone et effaça de
l'historique, toutes traces de cette communication. Elle
retourna dans la chambre ou elle replaça au même endroit, le
téléphone. Les dés étaient jetés. Pas moyen de s'enfuir par
l'orifice minuscule dans la remise et bien trop de risque à tenter
je ne sais quoi dans les couloirs du palais. Finalement, elle se
sentait presque soulagée par l'issue de cette aventure. Elle se
découvrait. Elle se sentait prudente et raisonnable. Grace à
cela, elle reverrait Sofiane. Ses parents avaient été prévenus. Il
n'y avait plus rien à faire, plus rien à espérer. Elle se déshabilla
et reprit place dans le lit près du prince endormi ni vue ni
connue.

Au petit matin, Abdelkrim vint chercher son maitre. Le régent
dormait à poings fermées. Il n'était pas coutumier du fait.
Comme une machine bien huilée, ses yeux s'ouvraient
systématiquement quelques minutes avant l'aube. Julie

somnolait à ses côtés. Le majordome éclaira la chambre sans ménagement. Julie se réfugia sous les draps de soie. Le prince peina à ouvrir ses mirettes. Abdelkrim lui fit remarquer que l'Adhan était passé de plus d'une heure. Cela eut un effet accélérateur. Nasser s'extirpa du lit en deux temps trois mouvements et se mit à beugler sur le pauvre précepteur, qui tentait de l'aider à se vêtir. Le prince remercia Julie et la fit raccompagner aux portes du harem par son majordome.

Julie pénétra dans le gynécée. Les talons à la main, elle se dirigea vers son endroit. Sophie s'étonna de retrouver son amie. L'inquiétude qui l'engonçait disparut. Elle veillait sur Sofiane comme une louve mais céda sa place avec plaisir à la véritable titulaire. Julie enlaça son petit bout.

- « Raconte ! » demanda Sophie, intriguée.

Julie narra comme elle put malgré une certaine fatigue. Elle avait un sentiment d'inaccomplissement mais malgré tout, la fierté d'avoir tenté quelque chose. Le retour à la case départ la rassurait tout en l'importunant. Elle espérait ne pas avoir à le regretter.

19

-   « Jaaaaaaaaacques ! »

Ce hurlement fit sursauter Monsieur Jacques, bien tranquillement vautré sur son canapé, à siroter une bonne bière ambrée flamande.

La maison de banlieue, si calme en général, en début de soirée, s'était transformé en chambre d'écho.

Jacques se levait et accouru vers la zone du hurlement. Il paraissait soucieux. Il avait bien évidemment, reconnu la voix de son épouse. Depuis la disparition de Julie, leurs vies s'étaient arrêtés. Sans corps, pas de deuil, sans deuil, il était impossible de se focaliser sur autre chose. Alors ils s'étaient battus ensemble. Comme pour mieux se motiver, ils avaient construit une association dans laquelle ils œuvraient chaque jour, chaque minute. Ils espéraient le moment et redoutaient le moment.

Peut-être trouverait on l'assassin de leur merveilleuse fille ?

Enfin ils sauraient la vérité, même si elle devait être insoutenable !

Ils en étaient convaincus.

Evelyne était agenouillée. Ses deux mains plaquaient son visage. Les iris fixaient le plafond. Jacques s'immobilisa.

- « Mais qu'est-ce qu'il y a ? Dis-moi » demanda-t-il à sa compagne.

Sa dame fixa le téléphone. Jacques compris instantanément et mis en marche le répondeur.

Le temps se figea.

Jacques se tourna vers son épouse dès la fin du message téléphonique. Son regard s'illumina. Il frappa avec ses deux paumes de mains le guéridon sur lequel trônait le téléphone rédempteur. Il se dirigea vers Evelyne qu'il enserra. Il bondissait comme un lapin. Evelyne semblait dubitative.

- « Elle est vivante » cria-t-il.
- « On a les clés maintenant. Ma fille est vivante… » hurla-t-il.

Evelyne esquissait un sourire. Elle connaissait son époux. Il devait savoir.

- « Bon j'ai du boulot maintenant » dit-il en recouvrant la raison.
- « Mais comment va-t-on faire ? » lui demanda son épouse.

-   « On va remonter jusqu'au président » répondit-il avec assurance.

Jacques appela son contact à la police judiciaire.

Rapidement une équipe d'expert arrivèrent chez eux. Ils authentifièrent l'appel.
Cela remonta jusqu'au préfet de police. Ce dernier contacta le ministre de l'intérieur qui valida également. Tout ceci se fit en quelques heures.

Le matin suivant, alors que le prince Nasser, embarquait dans son jet privé en compagnie de cour, une réunion d'urgence s'organisait autour du président de la république et des principaux protagonistes.
Jacques attendait sur le perron tandis qu'Evelyne était restée au pavillon, au cas où le téléphone se remettrait à chanter. Elle écoutait en boucle la voix de sa fille comme une douce mélodie d'outre-tombe.
Le président insistait sur l'embarras que représenterait pour les deux nations, un incident diplomatique. Le préfet proposa un plan qui fut validé par les hautes sphères.

L'avion princier se posa au Bourget.
La cohorte fut accueillie par le ministre de l'intérieur qui accompagna le prince vers un véhicule présidentiel. Les accompagnants embarquèrent dans les véhicules d'appoint suivant. Le convoi, bien que protocolaire, était minime. Un motard ouvrait la voie. Nasser semblait serein et conversait avec le ministre.

Bientôt, ils arrivèrent au palais de l'Elysée. Le président vint accueillir ses invités. Quelques photographes habilités purent faire des photos. Les flashes crépitaient. Nasser s'engouffra dans le palais. Le président l'accompagna vers son bureau ou attendait le préfet. Le président le lui présenta.
Les deux chefs d'état s'asseyaient sur une banquette.

- « Mon très cher Nasser, c'est avec difficulté que je vais m'entretenir avec vous. » lança le président d'un ton solennel.

Nasser haussa les sourcils dubitativement.
Le président fit signe au préfet de lancer la bande. Ce dernier sortit de sa poche droite un magnétophone. Il appuya sur le bouton Play et on entendit le message de Julie adressé à sa famille.
Le prince Nasser écarquilla ses yeux qui s'embuèrent.

- « Allez-vous nier ? » demanda le président français.

Aucun mot ne sortait de la bouche de l'accusé. Le téléphone portable de Nasser se mit soudainement à vibrer dans son veston officiel. Cela eut comme incidence de le sortir de sa torpeur. Machinalement, il l'empoignait et observait le numéro.

- « Le message de cette jeune femme provient de votre téléphone, celui la même que nous venons d'appeler » enchaina le président de la république.
- « Et que voulez-vous ? » demanda le prince Nasser.

- « Eviter un incident diplomatique majeur entre nos deux nations » lui répondit le président.
- « Cela va de soi ! » enchérit le prince.

20

Quelques jours passèrent.

La vie avait repris son cours habituel.
Julie s'était imaginé mille scénarios depuis sa tentative avortée.
Elle avait compris de cet épisode qu'elle ne pourrait s'échapper
du palais. Il y avait bien trop de paramètres non maitrisés pour
que cela réussisse. Le véritable enjeu se nommait Sofiane.
Pourtant, comme une bouteille vide jetée à la mer avec un
message écrit à l'intérieur, Julie s'était laissée une chance. En
laissant ce message téléphonique, il était même probable
qu'elle est ouverte la boite de Pandore.
Le prince et sa cohorte était rentré la veille. La journée venait
de débuter. Julie se trouvait dans la salle de sport sur le
steppeur à suer lorsqu'Ima apparue. La vieille gouvernante
paraissait agitée. Elle se dirigea vers Julie et l'invectiva.

- « Rentre à ton endroit et change-toi. Le prince veut te
  voir tout de suite » annonça-t-elle sans ménagement, le
  visage crispé.

Julie stoppa net son effort et obéit. Son sang s'était glacé dans ses veines. Elle avait immédiatement compris ce qui se tramait. L'estomac se crispa. Elle empoigna sa serviette et s'épongea le visage. La gouvernante ouvrait la route suivit comme son ombre par la jeune femme. Près de l'endroit de Julie, attendait Sophie, encadrée par deux servantes. Révérencieuse, elle ne leva pas la tête. Rapidement, Julie se changea. Ima ordonna à une des servantes de s'occuper du petit Sofiane, qui se mit à hurler au départ de ses mères. Julie dévisagea Sophie qui semblait inquiète. Ima prit la tête du cortège avec dans son sillage les deux françaises suivit d'une servante.

- « Ou va-t-on ? » demanda gentiment, Julie.
- « Tu vas bien voir ! » lui répondit sèchement, la gouvernante.

Quelques instants plus tard, le groupe sortit du sérail. L'oxygène semblait difficile à inhaler. Julie se trouvait en apnée tant l'angoisse semblait l'ettouffer. Deux gardes armés patientaient devant une porte à proximité de la suite. Ils s'écartèrent devant les quatre femmes qui s'engouffraient dans l'ouverture.
Le prince se tenait debout, derrière le fauteuil en cuir d'un bureau. Il semblait occupé. A quelques mètres sur la gauche, Julie aperçu un autre homme en costume noir, les bras croisés.

- « Bravo ! » dit sarcastiquement le prince en dévisageant Julie.

Embarrassée, Julie observait le sol marbré en diversion. Sophie semblait embarrassée.

- « Je vous présente Loïc de Kervadec, un de vos concitoyens qui travaille pour le président de votre nation » enchaina le prince.

Julie, curieuse, releva le menton et contempla l'occidental. L'homme était bâti comme un rugbyman. Il correspondait parfaitement à l'image que l'on pouvait se faire d'un agent des services extérieurs. L'homme accomplit un signe de la tête à l'attention des deux captives.

- « Je vais vous laisser quelques instants en sa compagnie » lança le prince, avant de sortir de la pièce, escorté par tous les membres de son staff.

Sophie restait immobile, le regard fixé sur le sol. Julie dévisagea le prince sans appréhension. Le français proposa aux femmes de s'installer sur les deux chaises face au bureau. Julie s'y assise immédiatement. Sophie resta debout comme paralysée. L'homme s'approcha d'elle et insista. Sophie sortit de sa léthargie et acquiesça.

- « Bon, je suis ici à la demande du président de la république. Je travaille pour la DGSE, principalement sur la zone du golfe persique. Pour faire court, votre message est bien parvenu à vos parents qui ont réagi d'une manière habile et surprenante. » dit l'agent français.

- « Ah bon, comment ? » coupa Julie, intriguée.
- « Eh bien, votre père a déclaré votre disparition quand on vous a kidnappée. Puis rapidement, il a créé une association qui s'est montré très active, notamment sur les réseaux sociaux. Donc, il s'est créé une banque d'adresse énorme et des contacts dans toutes les branches notamment dans la presse. Donc quand il a eu votre message, il y a quelques jours, il a contacté le ministère des affaires étrangères en passant par ses amis dans la police et il est remonté jusqu'au président en quelques heures » continua le français.

- « Je reconnais bien mon papa » dit fièrement Julie.
- « Afin d'éviter tout incident diplomatique entre nos nations, le président a dû négocier avec le prince Nasser et cela, croyez-moi a été assez embarrassant ! » confia l'agent.

Sophie avait recouvert de sa main gauche ses yeux, horrifiées d'être mêlées à cette situation. Julie avait les globes exagérément écarquillés et attendait la suite du récit avec impatience.

- « Si je suis ici, c'est pour vous. Le prince Nasser accepte de vous rendre votre liberté mais à certaines conditions ! » annonça le Français.
- « Lesquelles ? » questionna Julie.

L'agent expira bruyamment. Il paraissait perturbé. Le stress martyrisait le corps des femmes.

-   « Eh bien, le prince accepte de vous libérer mais il refuse catégoriquement que vous emmeniez avec vous vos enfants »
-   « Comment ? » cria Julie, abasourdie par cette nouvelle.

Sophie mimait des nenni, exagérément. Sa tête dodelinait sans interruption.
Julie se leva brusquement de son siège. Sophie se tirait les cheveux, enragée, angoissée tout en continuant à dandiner.

-   « Mais on ne peut rien faire ? » demanda Julie.
-   « Légalement, ce sont aussi ses enfants ! Juridiquement, ils appartiennent à ce pays. Il n'y a rien à faire, malheureusement ! » dit l'agent.
-   « Jamais, je ne partirais sans mes petits. Je ne peux pas. Dites à mes proches que je vais bien, que tout va bien et que je suis heureuse ici » indiqua Sophie avant de se lever, résignée.
-   « Et pour vous ? » demanda l'agent à Julie.
-   « Je crains de ne pas avoir le choix. C'est moi qui ai lancé l'huile sur le feu ! » répondit elle.
-   « En effet ! » se contenta de dire l'agent.

Sophie et Julie tombèrent dans les bras l'une de l'autre. De chaudes larmes envahirent leurs joues respectives. Julie implora son amie. Elle la voulait mère adoptive de son bébé. La probabilité de se revoir lui semblait nulle. Les deux femmes ne désiraient pas se scinder. L'agent de la Dgse observait, gêné, presque ému.

Après quelques instants, il frappa contre la porte d'entrée, qui s'ouvrit. Il dialogua avec le prince qui patientait à l'extérieur. Sophie fut invitée à quitter la pièce qui se referma derrière elle. Julie était effondrée. L'agent de la Dgse s'approcha d'elle.

- « Bien. A présent, nous allons rentrer à Paris. Je dois vous briffer. Tout ceci doit rester secret. Le prince a bien insisté sur le fait qu'aucun scandale ne doit éclater à ce sujet. Je dois vous rappeler que vous laissez un enfant et votre amie ici, qui deviennent des otages. Leurs survies est entre vos mains » expliqua-t-il le ton grave.

La porte se déverrouilla à nouveau. Deux gardiens attendaient le couple français. L'agent invita Julie à les suivre. Il emboita le pas de la belle comme un garde du corps protège son client. Julie emprunta à nouveau le couloir tamisé, passa devant la suite puis, après quelques mètres, observa la porte du harem avec émotion avant de s'immiscer dans les escaliers. Elle les avait rêvés, elle y était !

A l'étage, le couple déambulait dans les coursives du palais, qui ne ressemblait pas à l'image qu'elle avait pu s'en faire. Au bout du couloir, Julie aperçue une grande porte vitrée brillante comme un tunnel de lumière. A mesure qu'elle s'approchait de la liberté, un sentiment terrible l'envahit. Elle partait presque à regret ! Les portes glacées se détachèrent et le souffle brulant du monde caressa son visage. Un véhicule officiel, aux vitres teintées, attendait la naufragée. Elle s'installa à l'arrière en

compagnie de son sauveur avec diligence. Le véhicule
démarra.

Alors qu'elle empruntait la longue route menant vers la liberté,
Julie se retournait et contemplait l'immense palais s'éloigné,
l'œil humide. Sous ses méandres se cachait un infini trésor.
Elle venait d'y abandonner une partie d'elle-même et laissait
dans ses murs, une partie de son âme.

Auto-Editions Benoit DELARETTE
48, allée Edouard Manet
01 000 Bourg-en-Bresse

Printed in Great Britain
by Amazon